1979—2019
广西宜州文学作品典藏

诗歌卷

韦茂明/主编

Gvangjsih Minzcuz Cuzbanjse
广西民族出版社

图书在版编目（CIP）数据

1979—2019广西宜州文学作品典藏．诗歌卷 / 韦茂明主编．—南宁：广西民族出版社，2019. 12
ISBN 978-7-5363-7331-0

I. ①广… II. ①韦… III. ①诗集—中国—当代
IV. ① I217.1

中国版本图书馆CIP数据核字（2019）第256188号

1979—2019广西宜州文学作品典藏　诗歌卷

1979—2019 GUANGXI YIZHOU WENXUE ZUOPIN DIANCANG SHIGE JUAN

出版策划：石朝雄
主　　编：韦茂明
责任编辑：韦秀美
装帧设计：林武圣
责任印制：刘文峰
出版发行：广西民族出版社
地址：广西南宁市青秀区桂春路3号　邮编：530028
电话：0771-5523216　传真：0771-5523225
电子邮箱：bws@gxmzbook.com
印　　刷：广西桂川民族印刷有限公司
规　　格：787毫米×1092毫米　1/16
印　　张：20.5
字　　数：240千
版　　次：2019年12月第1版
印　　次：2019年12月第1次印刷
书　　号：ISBN 978-7-5363-7331-0
定　　价：39.00元

《1979—2019广西宜州文学作品典藏》编委会

总　序

聂震宁

宜州是我的家乡，也是广西的一座历史文化名城。宜州秦时属桂林郡地，汉元鼎六年（前111年）始置定周县，晋改龙刚县，唐为龙水县，北宋改宜山县，明为庆远府治，1993年改为宜州市，2016年成为河池市宜州区。

同许多历史文化名城一样，我的家乡一直因深厚的人文历史积淀而著名。宜州的地方史志上记载了许多历史文化名人。北宋时期著名的江西诗派代表人物黄庭坚，他人生的最后一段岁月是在这里度过的。他为这座古城留下了著名的词作《虞美人·宜州见梅作》，更为我的家乡开了尚文好学的风气。太平天国的翼王石达开曾率部在此驻师，在城北会仙山白龙洞留下了一首题壁诗，这是太平天国将领遗存下来的唯一的题壁诗。有史料记载，北宋时期三元及第的冯京即出自这座边远的古城。中国1300多年的科举史上连中三元的人只有十几个，冯京即是其中一个。特别值得一提的是，我国壮族民间传说中的歌仙刘三姐，关于她身世的说法流传着不同的版本，但流传最广泛的当属宜州一带的传说。现在宜州有一个风景如画、山清水秀的刘三姐乡，也算是一个明证。

岁月不居，春秋代序。新中国成立70年来，宜州的经济社会发展日新月异，人民群众安居乐业，文化建设也令人瞩目。宜州是著名的彩调之乡，20世纪50年代，宜州的彩调剧《刘三姐》和《龙女与汉鹏》曾晋京在中南海怀仁堂演出。改革开放以来，在全国性的一系列文化旅游活动评选中，宜州屡获殊荣，先后获得“全国文化先进市”“中国优秀旅游城市”“中国最佳生态休闲旅游名城”和“中国民间文化艺术之乡”等荣誉。一年一度的刘三姐文化旅游节曾获得“中国最具特色民族节庆”称号。宜州文学艺术创作的丰厚土壤不仅使得古城从来就不缺少文学艺术的创作人才，而且有许多作品从这里走出广西，走向全国。

家乡悠久的历史文化令我们神往，家乡不凡的现实成就让我们骄傲。出于文化自信，也出于家乡情怀，我在得知家乡宜州正在为《1979—2019广西宜州文学作品典藏》四卷本编选书稿时，感到异常高兴。家乡的文学创作一直在很有张力、很有成绩地进行着，这我是晓得的，可是居然有这么大的张力、这么丰饶的收获，却是我不曾预料到的；家乡的文学创作一直代有新人，这我也是晓得的，可是新人居然有这么多，而且写出了这么好的文字，更是我不曾预料到的。这不免让我有一阵激动、许多欢喜。

至于对我家乡文学创作的评价，也许我说了不算，因为终归有“王婆卖瓜”之嫌。那么，请读者诸君稍微花一点时间读一读这套书各卷的序言吧，相信你们一定会比较深入地认识和了解书中入选作品的质量。这些序言的作者并不是宜州籍人士，却对宜州的文学创作熟稔于心并有深入的研究，因而序言既具有一定的客观性，又符合知人论世的评价要求。石一宁先生为小说卷所作序言以《一方水土，十方世界》为题，站位颇高，体察很深。他认为书中收入的这些作品，“是一方水土的呈现，也是十方世界的映照”，指出了入选作品独特的地域特色和广博厚重的人文价值。何述强先生为散文卷所作序言取了一个相当散文化的篇名——《生命中有一个流水潺潺的村庄》——多么美，多么动情！“感谢古城宜州传递过来的温度和力度，感谢被文字簇拥而来的泥土、草叶和露珠的气息。感谢坚守者的虔诚和执着，感谢宜州游子们那超越宜州放眼世界同时深情回眸给我带来的启示。我不吝于用下面的词语表达我的阅读感受：深邃，深刻，深沉，深情，生动，鲜活。”他在文中这样动情地表达了他对宜州作者的散文作品的感觉。杨克先生为诗歌卷所作序言以《诗歌存，家园不远》为题，显出浓浓的诗意与哲思，进而他在文中讲述诗集“所蕴含的扎根生活沃土、守望共同家园的诗意栖居智慧，以从容不迫的气度在你我耳边叮咛：只要心中有诗歌，家园必然就在不远处”。戏剧卷的序言作者是常剑钧先生，他为序言所拟的篇名让我们的精神为之一振，请看《江山到此不平庸》——多么有动感，多么有气势！真正的文学艺术创作最不可缺少的品格就是不平庸，剑钧先生用“不平庸”来评价我家乡的创作，实在是太给力了！四篇序言的作者都是国内文学艺术界的名家，得到四位名家如此给力的好评，我的家乡有福了。

文学名家给予高度评价的这些作品都是1979—2019年发表过的。1979—2019年，是改革开放取得巨大成就的时期。在这一时期，中国特色社会主义进入新时代，我们也迎来中华人民共和国70周年华诞。宜州地方的领导们决定组织编选出版这样一套高质量的文学作品典藏，既是加强新时代宜州文化建设的重要举措，也是对改革开放40年的庆祝，更是向新中国70周年华诞献礼。我在为家乡的文学作品点赞的同时，还要为家乡在文化建设上的这一举措喝彩。

最后，我还要再说一遍：宜州是我的家乡，我爱我的家乡！家乡如父，可敬、可仰、可期待；家乡如母，可亲、可爱、可依恋。我爱家乡的种种美好事物，一山一水，一街一桥，一亭一阁，一草一木，一人一物，一言一语，一诗一画，一歌一吟皆会在我心中留存，而

《1979—2019广西宜州文学作品典藏》的出版尤为让我欣喜。我爱家乡悠久而美好的历史文化，我爱家乡正在全面发展中的现实生活。我深深感觉到，家乡今天的发展来之不易，家乡的父老乡亲为此付出了许多辛劳。“惟知之深，故爱之切”，因而愈发激起我对家乡的敬重和眷念。我坚信，家乡的明天会更好！

2019年9月3日于北京

聂震宁

第十、十一、十二届全国政协委员，中国作家协会全国委员会名誉委员，中国出版集团公司原总裁，中国韬奋基金会理事长。

序

诗歌存，家园不远

杨　克

家园是什么？是一间房屋、一片田地？是一饭、一茶、一酒、一花？抑或是熟悉的一缕阳光、一阵气味、一口乡音，足以勾起心底的记忆和柔情？中国人最看重家园，哪怕生活再奔波劳碌，也要在心底为它留下一份温存与诗意。海德格尔说过："语言是存在之家。"这本诗歌集，以"典藏"为意旨，荟萃了近三十位宜州籍诗人数十年的代表作。作者涵盖老中青，兼有专业、民间，甚至已经仙逝的民国名士。体裁包括民歌体，旧体诗、词、赋，现代自由诗。脉络清晰，洋洋大观。诗歌久远，为共同的家园留下珍贵的精神印记。

而其中的作者，不少我在青年时代就已熟悉。张丽萍是广西第一个参加诗刊社"青春诗会"的青年诗人，我是第二个。20 世纪 80 年代中期她常参加《广西文学》的活动。韦照斌老师在《河池日报》社工作时我便认识。他后来调北海，我父母也到了北海，逢年过节我从广州返归，也多有见面。宋安群总编在河池和漓江出版社任职期间，我们也有往来。而龙京才兄的《蛇郎》，在发表之初，我就是读者。我与其他作者则多为神交。对宜州，我颇有乡梓之情。我外祖父的弟弟一家在宜州。细究起来，我妈妈的祖屋也在宜州。我自己也断断续续抽调到宜山（今宜州区）的铁路部门工作，每次数月之久。我也是在宜山参加的高考。在中国，数起最美的风景，必然少不了广西，“桂林山水甲天下”，中国中央电视台（CCTV）和英国广播公司（BBC）合拍的纪录片《美丽中国》（WILD CHINA）的封面海报便是漓江渔翁鸬鹚。《中国国家地理》主编单之蔷在《广西是个大桂林》一文中生动而很有见地地指出，广西各地遍布着足以与桂林媲美的喀斯特山水地貌。地处桂西北的宜州便是其中之一。荣膺2017年全国首届“最美家乡河”称号的下枧河，是电影《刘三姐》的主要外景地，传说还是壮族歌仙刘三姐的故乡。这里的峰丛清秀挺拔，龙江河及其支流临江河蜿蜒穿过，农田和溶洞星罗棋布，汉、壮、瑶等民族在此渔樵耕读、繁衍生息，乐也融融。“骨灰级驴友”徐霞客于1638年游历到此停留约一个月，《徐霞客游记》述及宜州的笔墨篇幅达41页2万余字之多。他恰如其分地记叙了宜州的山河秀美、洞古岩奇，历史悠久、民风古朴，这种钟灵毓秀的风貌精髓延续至今。

这部诗集在艺术风格、题材内容和精神取向方面，均鲜活地呈现出民间生活、民间诗歌的自由烂漫之态，并且体现了诗与歌、新诗与古诗之间的难舍难分。中华诗歌起源于先民劳动之余、围着篝火且歌且舞之时抒发两情相悦以及对天地神灵的崇拜。《尚书·虞书》曰：“诗言志，歌咏言，声依永，律和声。”《礼记·乐记》曰：“诗，言其志也；歌，咏其声也；舞，动其容也；三者本于心，然后乐器从之。”诗、歌、乐、舞本是同根生，《诗经》、乐府、唐诗、宋词无不能唱。而在宜州，山歌绵延千年，诗歌的民间精神十分丰富，音乐风格丰富多彩。

首先值得留意的是诗集里唯一的叙事长诗《蛇郎》。因限于篇幅，它编排于最末，文化渊源却最古老。诗歌取材于民间传说，故事并不复杂：龙王三太子化身的蛇郎和善良美丽的小妹经历邂逅、结合、横祸和团圆，大姐先是以貌取人错失良君，后是因妒生恨谋害亲妹，最终自食其果。故事结局和主题体现了善有善报、恶有恶报和有情人终成眷属的民间道德观念。龙京才的这首长诗还曾被改编为壮剧《金花银花》。全诗长约200节，每节七言四句的山歌体当中不少整节四句都以“哪个”“什么”为开头设问，还有不少连续两句均以“双双”“唱得”“回家”“问妹”“大姐”“小妹”“死活”“浑身”“几多”为句首的叠头韵，时而又把节首七字句变为三字句，比如“罢了罢”“不望了”“泪水涌”“泪淋淋”“姐别提”“妹伤心”“往下跌”“莫怪姐”，营造出一唱三叹婉转反复的歌咏效果。这首诗汲取了广西山歌的精气神，其中不乏广西山歌优美的表达方式，为创作，也为后人留下了广西山歌和民间文学宝贵的非物质文化遗产。

宜州是广西乃至全国至今保留民歌传统较好的地区之一。人们在日常耕作、捕鱼、砍柴、放牧和婚嫁丧祭场合都惯于以歌代言、以歌传情，乃至启蒙说教、传与后人。山歌既贴近生活、浅白直爽，又节奏悠扬，给予歌者和听者身心愉悦之感。山歌的韵律回旋往复，暗含着民众对自然界周而复始的秩序的顺应，从犁耕、撒网、砍柴、挑担到月圆月缺、花开草凋、峰峦起伏、水波荡漾、昼夜交替、四季轮转，土生土长的宜州人就在一首首歌谣的吟唱传诵中度过。

其次是传统格律诗，有14位作者约100首诗词，论篇数为全书之最，当中四分之三为古体诗，其中又以七律为主，七绝、五律其次，余下的为古体词。这些诗词多取材于当地山川草木、乡村生活、悲欢离合，既有如《宜州十题》《金城十咏》等的尽情抒写，也有

《菩萨蛮·变色湖边》等的场景捕捉，无不自信乐观地流露出对家园风物与亲友的挚爱和对往事的追忆。七律本是最严谨的格律诗体，但这些诗作有别于杜甫的凝重苦涩，更多的像是飘逸在当地清风稻香里的抒情咏唱；至于填词，作者们喜爱选用的词牌集中在婉约派风格的“贺新郎”“临江仙”“鹧鸪天”“清平乐”“踏莎行”“菩萨蛮”等。古人曾说诗歌应该“真与不夺，强得易贫”，“不着一字，尽得风流”。宜州民间诗人的古体诗词，真实、深情、干净、清爽，仿如一路漫步于山间水畔，兴之所至脱口而出。他们对这片土地家园的描绘发自肺腑，乡风民情、田园牧歌显得和谐、恬美和质朴无华，深刻折射出民间文学的生机活力，体现了音韵和谐、情志贯通、天人合一的美学追求。

值得一提的是，诗集中的词作以“和”“原韵”为题的就有20首左右，这些唱和把“拉赛聚会”“冬聚草堂”“网山春游”等当地诗人的欢聚场景呈现于眼前，仿佛曲水流觞，令人向往。文人之间“雅集”“唱和”从来就是古典诗词的一大特色和保留项目，当地作家也很好地保留了这一文化交流传统。通过一首首诗词的彼此唱和和传播，他们以古典诗词精神介入现代诗歌创造，日复一日地保持着对地域历史文化的认同与继承。

再者，书中收录两位民国名宿覃异之、韦甘睦的十几首诗词，如《登白龙洞有感一首》《赴邕开会，路过昆仑，仰望雄关，欣然有作》《谒岳飞墓》等，放眼时代大局，立足家国变迁，浓郁而奔放，就如喀斯特地貌的峰丛耸立，令人眼前一亮。

古体诗词中还收录有一篇四六体骈文——谭为宜的《徐霞客赋》。赋文游走于山水田园之间，既缅怀追忆一位伟大的地理学家、旅行家，更不吝铺陈渲染，把宜州的山川地貌、风物人情加以赞颂，其精神指向同样是对故乡家园集体记忆的珍重。

此外，时移世易，文脉延续，这部诗集自然也收录一批新体自由诗，有十几位作者的七十几首。其中少数民族诗人包括韦照斌（壮族）、韦克友（瑶族）、左丹（满族）、韦杰（水族）等，引人注目。他们的作品，比如几部组诗《给宜州，给我灵魂的栖息地》《劳动纪事》《用心去爱》《在山的日子》等，体现本民族文化与汉族传统文化之间、当代语言表达与民间古典元素之间的契合，同时，通过借鉴、融合和创造性发挥等，生动记录了现代宜州多民族生活的丰富性与时代风貌。

而其他诗人，也继续以自由诗歌吟唱出了当代宜州人对新生活的所思所感和对故乡往昔的追怀留恋，悠扬曲婉如组诗《南方女人们》、短诗《家在小县城》《宜州，四牌楼》《桂戏》等，灵动清脆如短诗《故乡的云》《踏歌行》《我插上梦的翅膀穿越》《山野歌曲》《林中小路》《喊山》等，以及将民歌俚语直接入诗的如《山歌妹》《归》《雾》《壮家姑娘》《荔枝林》《山里人》《牧鸭》《炊烟》等。他们还将目光投向更广阔的地域，关注国家时势，以宜州山脉连绵、江水氤氲的气度胸怀唱出了《徜徉云海》《致大海》《世纪的约会》《中国，又一声十月春雷》《竺可桢，我们永远的尊长》的磅礴之声。

宜州诗人与你我虽身处不同地域，但吟咏着他们的诗句无异于与诗人们隔空对歌、对饮。“我把我的心攥在手心／攥成一颗湿润的玉米／它挥洒着千年的热泪／风雨兼程奔向那片土地／就在龙江河的岸边／我将我的心轻轻交给它／就像交给我的亲生母亲”（《给宜州，给我灵魂的栖息地》）。“我的乡愁不似余光中的那一枚／邮票，飘逸美丽／我的乡愁平常俗气／低低／低到尘埃里／在泥巴里开出花来∥我的乡愁是那一截截／早已灰飞烟灭的城墙／留下的荒草凄婉岁岁年年／高到天上的碉楼古老沧桑／连同炮火推出，将生命的激情／一起射入落日的余晖∥河边唱山歌的刘三姐／山坳砍柴火的李小牛／就是我家的邻居”（《南方，我的乡愁》）。诗集里的许多篇自由诗，焕发着传统咏唱与现代精神珠联璧合的光彩，体现出对一方水土的赤子情怀，宜州大地和历史土壤里的粮食，经历过个体生命经验和群体文化气质的发酵蒸腾，酝酿出清隽甘醇的家园诗意。

宜州的有识之士不畏辛劳，日积月累，编辑包括这部诗集在内的一整套体裁完备的地方文学志，凭吊前辈，激励时人，启迪后学，殊为不易。

文化认同与家园意识是文化艺术的母体，“家园”既包含自然地理、经济、物质的有形载体，也包含人际情感、集体记忆、共同信念和文化传统等无形载体。无论远近、贫富、众寡、长居或迁移，一个人生于、长于也终将长眠于一方土地，他总是努力通过各种交流与创造去建立起与这片土地密切相关的各种情感、信念、社会关系和行为准则，形成清晰确定的家园认同。唯有心灵有家，人才能“诗意地栖居”在大地之上。对于任何一个民族、族群乃至地域人群，语言都作为最鲜明、最强劲的决定因素支配着日常生活和长远发展的精神轨迹。正是凭着对共同语言和家园的识别、依赖和持守，人们在群体生存价值的深层意识中把握并确认了自己的根系所在。

宜州诗人出于内心需求和家园意识，义无反顾地在歌咏中守望家园，留住乡愁。“家在一个很小很小的县城／家在一个很大很大的世界／走到哪里都走不出她的手掌心／装她在衫袋里／就像装进一颗中国豆子／豆子有多饱满我就有多饱满／豆子有多鲜活我就有多鲜活／这颗豆子紧紧地摄住了我的喜怒忧伤//城里的街小小窄窄／随便地推开任何一扇木门／都会有一个中国故事从里边走出来／小县城里最欢乐的是菜市场／小商小贩唱歌般叫卖着／那汉代时就有的春秋／那清朝时就有的春秋／那民国时就有的春秋”（《家在小县城》）。这些音律跃然纸上的诗行，代表了宜州文化的地域特征和文化意象，伴随着当地各族人民千百年来的多元共生、万物生长。

家园是我们的初心和归宿，是生存的命题和答案，尤其在这个数字信息文明高度发达、工具理性主导的时代，家园更是人文价值的力量来源和最后依靠。这部诗集所蕴含的扎根生活沃土、守望共同家园的诗意栖居智慧，以从容不迫的气度在你我耳边叮咛：只要心中有诗歌，家园必然就在不远处。

2019 年 6 月 27 日

杨克

中国作家协会主席团委员，中国作家协会诗歌委员会副主任，中国诗歌学会副会长，广东作家协会副主席，《作品》文学杂志社社长。

目　　录

现代自由诗

传统格律诗

叙事长诗

现代自由诗

张丽萍

张丽萍

1955 年生，广西宜州人。广西大学中文系毕业，国家一级编剧。专业作家。曾任梧州市文联副主席、梧州市第十届人民代表大会常务委员会委员。1984 参加中国作家协会诗刊社第四届“青春诗会”。1991 年出席全国青年作家代表大会。出版诗集《南方女人们》《昨天的月亮》《广西当代作家丛书·张丽萍卷》和纪实文学《在世纪阳光下》；发表大型歌舞剧本《记忆·龙母》《西江·水影》。曾获广西首届文艺创作铜鼓奖、第五届中国戏剧文学剧本奖、广西第四届剧展编剧奖等。其诗作入选人民文学出版社、中国青年出版社、作家出版社、长江文艺出版社和花城出版社等十几家出版社出版的诗歌选集。

南方女人们（组诗）

诗人用比喻的金线替你织网
画家们给你的身形以永新的不朽
——泰戈尔

石榴妈

你女儿是石榴花开时生的
所以你有一个花一样的名字
挂在全村人的口上

其实，你早开过花了
现在，是躲在密密的枝丫间
躲在浓浓绿绿的希望里
躲在红红火火的向往中
为充满玲珑秀气的南方乡野
为石磨般旋转着的悠长日子

镀一层痴痴迷迷的芬芳

清晨，山村还在梦里
你就起来了，轻手轻脚
井边，两只木桶吊几声鸡唱
灶门口，划一根火柴
点燃温馨的炊烟
点燃开始流汗的匆忙
南方的天老是多雨
雨丝缠绵而又清凉
你竹叶编织的斗笠
像石榴花一样常常戴在头上
到田野，在山冈
即使会有突然而来的暴雨
你的心也永远的晴朗

你喜欢穿深颜色的衣裳
上面缀着你亲手扭成的布扣
（也像石榴花形状）
你总打着赤脚
把宽宽的蓝裤脚挽起
这样方便，到河边洗衣
下水田插秧
你赤脚走到哪里
哪里就生满一片春光

在你默默无闻的劳作里

你的女儿，终于像石榴花般开放
她到大学里念书了
（胸前有一朵比石榴花还美的徽章）
望着她闪出那片甘蔗林
你心里就流出蜜糖
石榴妈，石榴妈
你自由自在地
走在你开遍石榴花
结满石榴果的村庄

那串钥匙声

我认识你
记得你那串钥匙声

那天，行走在山路上
电闪雷鸣在我头顶编织着恐怖
大雨抹去了青山，抹去了丛林
整个世界仿佛沉入水底
隐隐——隐隐——
是一阵鸟鸣？是一声召唤？
你玎玎玲玲地
把我引进一片阳光
引进一片平静
霎时间
卸下了沉重的孤独和陌生

啊，那一串钥匙声

在悦耳的玎玎玲玲里
你跑得像小鹿一样
你跑着给我开房门
跑着给我倒一杯热乎乎的茶
递给我一条擦脸的毛巾
你用人世间最温暖的情意
留住了我这个困顿的过路人

啊，那一串钥匙声

我们熟悉得像姐妹了
你玎玎玲玲的话语
使我知道：一村子姑娘
就你吃上了国家粮
叔嫂们说你走得远
姐妹羡慕得红了眼睛
这些你都郑重地串入钥匙圈里
把招待员的责任和钥匙一起
牢牢地挂上了腰身
从此，奔忙于这个傍着青山的小院
接待每个路过的行人
你的生活变得
像腰间洒落的钥匙声一样动听

过去多少年了
当我在山路上行走

当我在风雨中跋涉
当我颓丧，当我迷惘
耳边总响着
那一串悦耳的玎玲声

棉纺厂的女儿

都说这里是女儿的世界
花的王国
都说这里的小伙子
再丑也不愁找不到老婆

可是小伙子们都了解
花儿好看并不好惹
谁要投去一丝鄙夷的眼神
一声轻浮的口哨
那荡着湖水的眼睛会突然喷火
再漂亮的小伙子
也会被骂得灰溜溜的
而且那嗓门
跟织布机声一样

当然，小伙子们也了解
女儿世界的公主们
司管着柔情，主宰着快乐
当她们从一片机声中出来

就像一群翩翩的天鹅
世界有多丰富她们便有多丰富
她们喜欢《白朗宁夫人十四行诗》
迷恋健美术和深奥的哲学
当柳丝般的柔发垂向厚厚的书本
谁都相信，这个世界不再荒漠

在她们手中，一根细细的毛线
也能织出小伙子的赞叹和惊愕
小伙子们懂得
（并非想入非非）
她们现在是巧女儿
将来一定是巧媳妇
一定是巧妈妈
谁能得到她们，即使天天挨骂
也是很幸福很幸福的

原载《诗刊》1984 年第 8 期

那年清明

雨纷纷，又到了清明
想起了那年清明
雨也是这样纷纷
路也是这样泥泞
杏花村里的牧童
从屈原的楚国走来
从湘君的楚国走来
从舜帝的斑竹林里走来
从衡山的烟云中走来
带着一些忧郁
也带着一些感伤
父亲的老家
那个填在履历表上的籍贯
那个在父亲嘴上挂了七十多年的地方
第一次真实地走到我的脚下

一切于我是那么陌生
又是那么熟悉
好像在前世的梦里见过
只是今生我来晚了

来晚了
我看不见楚国的三闾大夫
怀着深深的惆怅投进了汨罗江
令年年端午流泪动情
来晚了
我看不见聪明美丽的湘妃
走过的千山万水

父亲小时候的路
一点都没有变
黄黄的泥土滚着烟尘
还是那个山
还是那个水
还是那一树的桃花在老屋的墙头

土砖墙上烟熏的痕迹
是祖母留下的
伸手触摸仿佛还有当年的温暖
我的祖母，那个中国乡村的小脚女人
她不知道多少年以后
她留下的痕迹会成为故事
让我们一遍一遍翻阅

来晚了
我看不见那一年
兵荒马乱，夕阳残照如血
一颗子弹落在故园梦里
马蹄声声撕破小山村的宁静

屋檐下祖母手搭凉棚
看着父亲小小的身影
往南走去，越走越远
走出屈原的楚国
走出湘妃的楚国
走出八百里洞庭湖
走出她的视线

再回来时
父亲已是白发苍苍
父亲走时是一个人
这次回来带回了一群人
一群人在山野上大呼小叫
好像过年一样
故土给我们带来的欢乐
一定也不亚于她当年给父亲的欢乐

再回来时
祖母已是一方矮矮的坟墓
一阵风吹来
一阵雨吹来
一抔黄土哪禁得住长长岁月

凭着儿时记忆
父亲在一座高高的山坡上
找到的那堆黄土，似是而非
我却坚信
我的祖母就埋葬在这堆黄土里

从这座山坡可以望尽故园
左青龙，右白虎
很合乎中国传统
在那堆黄土前点燃三支香
我跪下来，虔诚地跪下来
我们整个家族全都跪下来
跪满了整个山坡
跪这方浅浅的黄土
跪这方全中国到处都有的黄土
想到这堆黄土下埋着我的根
我的眼睛湿润了

父亲请人扎给祖母的冥房子
真是漂亮呵
气势恢宏
红红绿绿摆满了整座山坡
摆在祖母的坟前
不亚于我们看到的世间豪宅
我相信我的祖母生前做梦
也没见过这么漂亮的房子
更没住过这么漂亮的房子

蔚为壮观的一幕终于来临
乡村的老道公，那个穿着长袍的人
那一定是一个非常职业的老道公
他用最温情和人性的方式
送走了很多乡村的老人
为那些思乡的游子做过好多个清明

老道公一脸认真，口中念念有词
洒了几滴水酒
一把火点燃漂亮纸房
瞬间，火苗冲到了天上
仿佛整座山都在燃烧
整个世界都在火光中
父亲用最传统的中国方式
点燃那年清明
在烈焰熊熊燃烧时
我看到了父亲眼中露出的欣慰和释然

那年清明睡在故园的梦里
睁着眼睛想起了许多事
许多见过和没有见过的亲人
雨纷纷，清明来了
雨纷纷，清明又走了
清明让我们相遇
许多思念和怀想碰在一起
既感人，又温存

原载《西江月》2015 年第 4 期

南方，我的乡愁

隔着一湾浅浅海峡
这头，那头
我的乡愁不似余光中的那一枚
邮票，飘逸美丽
我的乡愁平常俗气
低低
低到尘埃里
在泥巴里开出花来

我的乡愁是那一截截
早已灰飞烟灭的城墙
留下的荒草凄婉岁岁年年
高到天上的碉楼古老沧桑
连同炮火推出，将生命的激情
一起射入落日的余晖

河边唱山歌的刘三姐
山坳砍柴火的李小牛
就是我家的邻居
妖娆，风流
北山脚下的黄庭坚老先生

那个轰动两宋的大诗人
昨天刚刚醒来，走到城里的小南楼
再写一首令小城骄傲的千古绝唱
我的乡愁是母亲年轻时候的
一张照片，永远的十八岁
绣花的红酥手绣出密密麻麻的
小城故事
暖暖的手牵着，走过九街十八巷的
天上人间

清明雨纷纷时节
小巷深处碰见了一个又一个
撑着油纸伞的妹仔
结着丁香一样的忧怨
从戴望舒的诗中走出来

我的乡愁是父亲越来越老的脸庞
时光雕刻的记忆深深
父亲年轻时踩过的缝纫机
在幽暗角落嗬嗬嗒嗒地响着
带着浓重的湘音
唤醒昨天
而那把剪去多少岁月的老式
裁缝剪刀，可以作为文物
记录着小城
曾经有过的岁月沧桑

我的乡愁是每年春节的鞭炮燃烧后

留下的满地红纸屑
脚踩上去软软的
让风雨磨砺的心变得温柔
我的乡愁
会在有人无人的夜晚走出来
坐在古老的四牌楼下
风浸凉从身边吹拂

原载《广西作家当代丛书·张丽萍卷》

桂 戏

台上大花脸小旦青衣
桂柳话唱着帝王将相
才子佳人演绎忠孝节义
生死轮回千年不变主题
能叫我小时候百听不厌
一次又一次在剧场门口
站到快要曲终人散
戏台上铿锵铿锵声音响起来
守门人才放我们进去
看最后的桂戏

车缝社的后院
隔一条细细长长巷子
桂剧团就在巷子深处的
围墙头那边
那些唱桂戏的人白天在里边睡觉
晚上在台上唱戏
他们化装厚厚脂粉味
在很远就可以闻得到

桂剧团演员是小县城的明星

和当红歌手演员差不多
他们走在县城的小街
总有一群小孩在后尾跟着
而大人们在远远的地方指指点点
叫家里快要长大的姑娘不要接近他们
总觉得当演员是不怎么好的

戏班子里有一个叫刘妹的演员
她专门演花旦
后来也演过李铁梅
她有一个哥哥也在桂剧团
特别能翻跟头
他有一颗门牙
是翻跟斗的时候弄缺的
他讲话时就会漏风

直到有一天我也成为一个演员
跟刘妹同在一个文工团
我们朝夕相见
一起吊嗓一起练劈腿下腰
我发现脱掉了戏服
他们跟我们都差不多
很好接近

我曾经很认真对他们说
我很怀念小时候看过的桂戏
怀念那条小巷子旁边的桂剧团
也怀念桂剧团不远处

的那一片田野
那里的草特别青花特别美

后来我每次回故乡经常会到
桂剧团的那条巷走走
那里早就沧海桑田变了模样
最后的桂戏里那铿锵铿锵的锣鼓声
不可能再在我的耳边响起
那消失的优雅岁月

原载《西江月》2014年第8期

在河那边

我家在龙江河这边
石条砌的码头高高
小时候担水走下龙江河
这个码头走过小城许多日出和黄昏
小城许多烟雨时光都是这样走过

我担着，小时候的水
一步步走上龙江河的码头
水桶一晃一晃挂在弯弯的扁担两头
桶绳虽细却很柔韧
轻轻地摆着，像姑娘的腰肢
晃动，也会有水从桶边浪出
三滴两滴滴在石阶上，阴雨绵绵
河水和雨水混在一起，无痕
太阳很猛的天，龙江河的水
滴在石阶上
也无痕

常常像沈从文的沅水边上站着的小翠
站在龙江河这边
我望着河那边
河那边有很多很好玩的地方
那些青青的山

绿绿的树叫人心驰神往
每年春节全小城的人都去踏青的白龙洞
就在龙江河那边北山上
那时候的北山不像今天这般寂寞
北山的路被过年的新衣新鞋
老老少少的欢声笑语挤得满满

太平天国翼王石达开
气冲斗牛的诗刻在白龙洞石壁上
那天石达开游白龙洞的时候
面对大好河山兴致肯定很高
他站在北山的点将台上
诗一出口，众将士马上跟着唱和
现在站在那块石壁下依然
可以看到剑影刀光
马蹄声声中的潇洒风雅

残阳如血
河那边更是一片如梦如诗
那四季葱郁的北山上
还有一座外婆唱过
母亲也唱过的千年寺庙
半壁瓦舍，几段残垣
风中诉说小城沧桑
从前有座山，山里有个庙
庙里讲故事的老和尚拄着拐杖
从岁月烟雨中走出来
既逼真又缥缈
河那边的景致可谓异彩纷呈
草木掩蔽的青石古码头非常坚硬

通向一个民国时的老牌学府
里边的砖啊瓦啊随便哪一块
都可见识青花瓷的漂亮
盛唐风华绝代
万里无云的晴天
走上码头和走下码头的学生
小时候亮丽风景
他们的青春坐船过河
让龙江河生动异常

隔着这边河和那边河的
这条龙江河是多么古老啊
她从云贵高原石缝里流下来
变得浩浩荡荡
流过秦时的明月
汉时的歌谣
龙江河两岸的人个个会唱
王三打鸟的调子
无数朵无数朵牡丹花盛开在
妹妹的头上
永远开在妹妹的头上
河那边和河这边一切
在不经意间流逝
也在不经意间将许多重要东西
留在我生命血液里
令我在人生许多时候
怀着深深感伤和甜蜜

原载 2012 年 9 月 20 日《梧州日报》

宜州，四牌楼

宜州东门四牌楼，建于清乾隆二十年(1755年)。后历经战火沧桑，多次重修，是宜州目前唯一保留较好的古城楼。

跟中国所有古城楼一样
你的命运没有更好
也没有更坏
一样地在历史烟火中涅槃重生
一样地在月华下绽放寂寞荣光

早已破败不堪，城墙头乱草
定是乾隆二十年时长出来的
岁月纷纷，枝蔓凋零
唯有她犹自常青

再不见山谷先生散步时
随意搭讪过的老妇人
清新淡雅，回眸一笑
六宫粉黛，了无姿色
再也不见那年烽火摇晃
惊恐马蹄声从城门下跌落
历史动荡喧哗之后

归于无际无涯的沉寂

活在唐诗中真好
活在宋词中真好
活在元曲中真好
活在明清小说中真好
活在桂戏中真好
宜州的四牌楼
活在你年轻的时候真好

很完整，很完整的日出
很完整，很完整的日落
从城墙上升起又从城墙上落下
休唱那残阳如血
休唱那生如夏花
在你的脚下出生
又在你的脚下老去
是我一生的幸运与梦想

原载《梧州诗词》2015 年第 6 期

家在小县城

种在那里
从一出生开始
就被命定的轮回
深深地种在了那里
种在那山远水长的地方
种在那花开花落的地方
种在那古时皇帝惩罚他的臣子的地方
我无数父老乡亲长眠那里
她是最温存的故园

家在一个很小很小的县城
家在一个很大很大的世界
走到哪里都走不出她的手掌心
装她在衫袋里
就像装进一颗中国豆子
豆子有多饱满我就有多饱满
豆子有多鲜活我就有多鲜活
这颗豆子紧紧地摄住了我的喜怒忧伤

城里的街小小窄窄
随便地推开任何一扇木门

都会有一个中国故事从里边走出来
小县城里最欢乐的是菜市场
小商小贩唱歌般叫卖着
那汉代时就有的春秋
那清朝时就有的春秋
那民国时就有的春秋

城里的湖南会馆
广东会馆，福建会馆
雕梁画栋，绚烂无比
这些给游子施粥的会馆
给流浪儿借宿的会馆
是小县城最古老的学堂
穿长袍马褂的先生
用“四书五经”
教鞭和清香墨汁
孕育了亲民如子的县长
孕育了彬彬有礼富甲一方的乡绅

在小县城里
我第一次下河捞鱼
第一次上山打柴
第一次去教堂祈祷
第一次摸到了唐诗
摸到了宋词，摸到了元曲
摸到了汤显祖的牡丹亭
摸到了李白的那一轮千古之月
摸到了杜甫那草木深深的城春
撑着油纸伞，我走过

戴望舒走过的小巷子
变成一个结着丁香一般忧怨的姑娘
小县城的一山一水一沙一石
塑造我不可改变的灵魂和口音
小县城是一本线装书
任我一页页翻阅
从小县城走出去
我知道了什么叫乡愁
那个挥之不去的东西

河流和山冈会消失
小县城的歌和故事不会消失
夜深人静的晚上她会走出来
坐在高高的谷堆旁边
坐在那年的月亮下面
从头诉说

我将在迷离灯下
为这个暖过我的小县城写诗
我要让小县城知道
人生不会过去
在我的诗中
小县城会得到永生
一个老妇人站在城门外
手搭凉棚
等着远征的人回来

原载《梧州诗词》2015 年第 3 期

韦照斌

韦照斌

笔名碧莹。壮族，1938 年出生于宜山县北牙乡的一个小村。在歌海里成长，从小就爱好文学。1956 年读初中时就开始在地方报刊上发表文学作品。20 世纪 60 年代走出大学校门后，便到中等专业学校和中学教书。1971 年调到宜山县文化局工作，并主编《宜苑》。1979 年加入中国作家协会广西分会和广西民间文艺家协会。先后在《河池日报》社、《北海日报》社任过副刊部主任。曾当选北海市文学工作者协会副主席、中国作家协会广西分会理事。

中国，又一声十月春雷

每天有一个新鲜太阳

壮锦织我新广西

山歌妹

背对孤独

风雨人生

落叶

过程

故乡的云

中国，又一声十月春雷

——热烈庆祝党的十二届三中全会召开

像鱼儿等待春汛
像蓓蕾企盼春风
人们敞开欢乐的心窗
迎接十月的雷声

中国，这片神奇的土地
万象更迭，早打破传统的时令
十二月间，曾吹过复苏田野的春风[①]
而今十月，又震响惊天动地的雷鸣

啊，党的十二届三中全会
又一个改革的喜讯！
把心中的萌芽唤醒
催大地的绿叶成荫

中国，又一次“农村包围城市”
改革的浪潮，正从农村向城市奔涌

---

①1978年12月，党的十一届三中全会召开。

带着田野成熟的黄金
去将城市的秋色滋润
无需再担心“倒春寒”
阳光日夜给大地增温
不必去忧虑“春头旱”
雷声里蕴藏丰富的甘霖

春风吹来，驱散空气中的寒冷
雷声响了，种子就该获得生命
插上棒槌都会发芽
栽下石头都会生根

几丝冷风，遮不住绿波滚滚
一点残雪，压不断蛙鼓声声
快磨好信念的银镰吧
等待着收获丰硕的欢欣

1984 年于河池

每天都有一个新鲜太阳

每天，都有一个
新鲜太阳升起
从广袤的时空
滚动周而复始的岁月
吹动一面火红的旗帜

风雨是太阳的影子
月亮是太阳的邻居
大海为太阳开辟航道
高山给太阳架设云梯
只要你站在风景线上
定会观测到太阳踪迹

每一声鸟鸣
都在阳光里清亮
每一缕霞彩
亦都随阳光艳丽

壮锦织我新广西

牵来霞光做金丝
剪下彩云把锦织
不织龙来不织凤
单织一幅新广西

当年毛主席来广西
山欢水笑迎红日
南疆儿女织锦绣
领袖绘图变奇迹

毛主席画上两只“鸡”
就是工基和农基
工农基础牢牢打
如今遍地听机“啼”

机器高唱创业曲
唱得厂房似林立
烟囱与笋争出土
铁塔和山比高低

金山铜山煤锡山

山山挨肩顶天立
莫夸桂林峰独秀
这群矿山更雄奇

钢水铁水石油水
道道“渠水”奔流急
游人都颂漓江美
我引游人游新渠

游人游遍我广西
更见八桂有潜力
条条江河都带电
南疆撒满夜明珠

工业好比千里马
农业更似花满枝
绣上遍地黄金海
绣上铁牛把天犁

广西山多多出奇
开门就被山碰鼻
只为山多五业旺
珍禽异兽世所稀

宏图美景多秀丽
越织心里越甜蜜
各族儿女跟党走
旗红花艳马蹄疾

民族自治二十载[①]
无尽风光锦上织
待到“四化”实现了
再织一幅新广西

1978 年于宜山

①1958年广西壮族自治区成立。

山歌妹

山里生，山里长，
有山的健美，有山的丰润，
山歌妹是大山里的一只百灵。

去赶“三月三”歌会，
她的歌泛起春汛，
浪尖上翻腾着多少颗心。

她的歌是幸福的种子，
撒向四乡八峒，
也撒入了后生们甜美的梦。

从“三月三”歌会回村，
跟来了串串脚印，
门楼前像转着走马灯。

转了一圈一圈，呼哨一阵一阵，
山歌妹只端来酒碗为远客洗尘；
却把歌锁入心！

她的歌不喜欢伴随月亮星星，

她觉得它们太远、太冷，
要让歌在生活里沸腾。
她把歌赠给小溪，
早晚担水、洗衣，
小溪会给她跟姐妹们“合影”。

她把歌献给大山，
牵出金丝、银线，
织一幅瑰丽的壮锦……

后生们默然地走开了，
走出了一个朦胧的梦，
——去寻觅山歌妹的心！

1983 年于宜山

背对孤独

独坐幽室
我与灯光对视
那明亮的部分是我
还有一条岁月之河
在烟圈里沉默

春天里
阳光欢畅流淌
几多莺歌燕舞
连同我的生命
我的苦乐

在这样的春夜
有许许多多诠释
都是生活
我知道
每一场春雨
都滋润我的年轮
但我不企求
在血液中滚烫
亦不在月光里冷却
我应该是我

我在思索中孤独
在孤独中思索

风雨人生

曾在风雨中
做春华秋实的梦
让疲惫的记忆
长得枝繁叶茂
于是缤纷岁月
便在晚霞里成熟

天地之间
经纬纵横
阳光自远古而来
孕育了许多故事
所在之处
生命不会枯萎
任何形式的雨点
都无力拉成雨丝

仰望人生
目光追逐雁阵
一路摇曳歌声
无拘无束

不为那片生命的净土
我是一匹驰骋之马
在颠簸的鞭声里
行色匆匆

落叶

萧瑟的风，卸下
遍地枯黄岁月
把季节切割开来
成为深深的鸿沟
那谢了顶的树
好汉般地站在原野
挺直枝干
只有雨流着泪

不要拒绝成熟
走在季节的路上
生命岂能没有价值
但不去复述时光
做比生命还长的梦

其实，在风雨剥蚀中
多少生命又重新开始
我身后那片片落叶
撕下死亡的标签
正草拟着，在来年
春风的版面上
发表一首绿色新诗

过程

将七彩的阳光，分解
在浓浓的海鲜味里
走来走去的菜篮子
用希冀的目光挑拣着生活
唱起美滋滋的歌
擦肩而过

渔网与渔船之间
有许多臂膀挥动
在女人们容易惊醒的梦里
把远方渔火和床头灯连接
成为一种欢乐

男人们赶海归来
市声涨潮了
在上学的渔家孩子群里
吆吆喝喝

于是，每逢这个时候
在海色浓浓的渔家
有彩色立体的声音
——没有寂寞

故乡的云

那一方带雨的云
从昨日的天空飘来
有湿润的鸟语
有清莹的笛韵
有童年的歌声

那一双小小的脚丫
从牧笛中滑向外面的世界
把几十年的风晨雨夕
串成悠悠人生

我从山走向海
拾起一只海螺
吹出冷峻而深远的山影
那土生土长的韵味
便偷偷钻进我
夜夜的梦境

也许就为这份乡土气息
我感觉自己已长成了山间竹笋
长成一支长箫

在静夜里把故乡的月儿吹圆

我是明月下一粒蒲公英的
种子，无论飞到哪里
仍属于大山的子孙
我的头顶，永远
飘着故乡的那片云

原载韦照斌作品集《海韵山情》

徐著文

徐著文

祖籍广西桂平，生于宜州。初中毕业后，即步入社会。做过农民，当过工人。之后，以会计为终身职业，获会计师职称。系中国当代诗歌协会会员、广西作家协会会员、香港当代诗词学会会员。先后在国家级、省（自治区）级、市级及港澳地区的报刊上发表诗歌作品数百首。有部分诗作被选入《中国现代千家短诗》《世界华文诗选萃》《中国当代爱情诗鉴赏》等40多本选本，另有30余首获奖。出版诗集《爱河咏叹》。

林中小路

归

踏歌行

雾

壮家姑娘

荔枝林

山里人

牧鸭

炊烟

林中小路

愉快的步子在林中悄声无息
湮没在阴影的情感是苦涩，是甜蜜

辗转林中充满往事的小路
默默徜徉在满目相知中

夜幕中闪烁网络温情的诱惑
按捺不住相思彻骨进入另一种境地

尽管没有表达火一般的激情
胆怯和羞涩在嘴角漾开笑意

款款而至，显得那样平淡
从潮起潮落的隐语获得启示

小路的步声搅得岁月斑斑驳驳
浸泡在温情之中凝成困惑的记忆

盈盈痴情溢满深陷的心窝
爱与被爱那么令人着迷

爱的渴望一直在林中小路徘徊
一步一步走出无声胜有声的人生之旅

归

晚风轻轻吹，
落霞天外飞，
姑娘腮上涂红彩，
汗流颜更美。

喜盈盈，舒心好惬意，
步悠悠，心中微微醉，
风带香醇山中过，
大路不走你望谁？

姐妹谈笑田里归，
路过溪边坐一会，
巧手撩开黑发辫，
羞红的脸蛋有多美！

岭那边歌相邀，
溪这边话相随，
顺手摘片新竹叶，
金嗓银铃哥对妹。

一步三停频回首，
屋里大妈声声催，

甜甜的歌儿相约会，
成熟的季节多么美……

踏上故乡路，
翠柳红花注满谷。

山里山外都是赶马调，
马蹄嘚嘚不留步。

天蓝，水绿，
春风阵阵山起舞。

只听遍山喧闹声，
赶车大哥大声呼：

“山鹰进山失踪影，
后面的阿妹莫丢路。”

“阿哥心事妹知道，
新修公路妹走熟。”

载有丰收的茶叶、八角和香菇……
迎来崭新的农具、化肥和花布……

心喜，车颤，
把山村的讯息捎到首都。

日夜兼程奔山外，
山歌声此起彼伏。

踏歌行

彩衫、花鞋、花竹篮
壮家姑娘踏歌去

篙一点，飘过龙珠湾
桨一拨，摇橹进花溪

微情伴着声浪起
沿岸一路风吹笛

竹林山雀喜相送
放开喉嗓歌声起
山绿水富地增粮
胀了荷包满了仓
哥有竹帽妹有伞
我遮雨来你遮阳
阿妹喂
何时同妹结成双
船头不等歌声断
船尾阿妹心更急
开口一唱要成双
刚刚结交莫要忙

新剥花生慢火炒
心焦太急难得香
阿哥喂
连情哪怕日子长

歌不断来声不断
追花寻歌桨咿呀

拐湾转汉疑无路
山歌阵阵绕着花裙起

雾

蒙蒙雾，
锁住山，截断路。
雾里看花不真切，
淡红深紫配黄绿。
进山的姑娘朗朗笑
山前喊，村后呼，
有心的小伙要与你同路，
为何头不抬来话不讲，
挥鞭隐入雾深处……

“有心的阿哥莫怕雾，
雾里路长妹走熟。
你要连妹再加鞭，
丰收年头见功夫！”

笑声如银铃，
山歌回荡在深谷；
雾里洒满甜啊，
心热哪管雾漫路……

壮家姑娘

笑脸绽开了红花
小曲吹醒了山坳
如痴如醉
花红相思也红了
吐着心的芬芳
天高曲更高
赤橙黄绿青蓝紫
紧紧绕鞭梢

牛群伴云走
云随牛群跑
身边飘过五彩云
爱情在心中缠绕

春风扬起鞭
彩霞铺山道
忽听后边木叶声
晨风拂面脸发烧

牛群挤断情
可别剪断了心桥
我俩唱大了牛群
爱在心嵌着甜蜜的笑

荔枝林

盛夏将荔枝林点燃
举着千万盏小灯
闪烁着大山的色彩
蕴含如画的憧憬

躁动不安的思绪
簇拥着热浪滚滚
荔枝像一粒粒相思红豆
给人留下难忘的恋情

有绿的欢笑
有红的甜蜜
心醉了，醉得销魂
丰硕的盛夏浸泡甜的感情

采摘不完喷香的梦
泛起一片片绿色的温馨
荔枝林流动热烈的情绪
凝结了多少渴求的心灵

山里人

一重重的山脊
如挺起的胸膛
顶天立地的身躯
崛起大山的形象
脚，永远将山踩在足下
肩，扛起人生高远希望

青春，让太阳染黑镀红
人生，在风雨中磨砺闪光
汗水滋润，贫瘠也能变得丰腴
热血浇灌，山弄里也会稻谷飘香

一辈子走不出对大山的缠绵
岁月老去也亲情难离难忘
祖辈的山歌渗透爱与泪
绿荫里抖落一地跌碎的惆怅

牧鸭

三月风，桃花雨
一夜雨染山更翠

竹笠，衫红，赤脚
桃花倩影多妩媚

一叶扁舟湖上跳
一湖山歌一湖水

竹篙轻点，惊起一片鸭
赶来多少欢歌湖上飞

笑多甜，脸多美
群鸭遮住满湖水

绿水映出山乡春
“嘎嘎”叫得人心醉

炊烟

似飘起的一缕白发
让我回味那温柔如梦的日子
生怕剪断这丰盈的渴望
风姿绰约萌生一抹相思

不奢想光辉的渲染
祈求活得踏踏实实
默默以身相许
一缕缕，执着飘逸

不是风中的枯枝
也没有农家叹息的痕迹
融入晶莹，飘出真挚
满含温馨，淌出一片爱意

摇曳着深深的祝福
留下富有情感的惬意
随风飘远，风随你而去

原载徐著文作品集《爱河咏叹》

左丹

左丹（笔名莎金）

童年至今生活工作于广西宜州。满族（满族名为爱新觉罗·札木尔哈），毕业于广西民族学院（今广西民族大学）中文系，本科学历，文学学士学位。画家、作家。百余幅国画作品入选全国省（自治区、市）美术展览，有作品收入各类书画集。其中，国画《烟霞养性》入展十一省（自治区）二十一市（州、盟）全国政协第十六届书画联展，《生生不息》入选全国政协系统书画院书画作品邀请展。十万余字的文学作品散见于《人民日报》《半月谈》《收获》《中国教育报》《中国青年报》《教师报》《诗刊》《中国作家》《广西文学》《春风》等报刊。出版个人作品集《草结》，与人合著长篇纪实文学《自古宜州最宜人》，参加《中华百孝故事》的编写。现任广西河池市宜州区文联主席。

给宜州，给我灵魂的栖息地（组诗）

一、故乡像花儿开放

二、我们的家

三、龙江河的一滴水

四、龙江河的那条鱼

五、马山塘的美

六、故乡即景

七、我与一粒玉米的梦

八、玉米

九、那个少年哪里去了

十、龙江鱼儿呀

给宜州，给我灵魂的栖息地（组诗）

我把我的心攥在手心
攥成一颗湿润的玉米
它挥洒着千年的热泪
风雨兼程奔向那片土地
就在龙江河的岸边
我将我的心轻轻交给它
就像交给我的亲生母亲

——题记

一、故乡像花儿开放

一粒玉米，播下春天
一粒玉米，栽种夏天
一粒玉米，收获秋天
一粒玉米，仓藏冬天
一粒玉米
就是我整个故乡

母亲送我出门的那个晚上
天上的星星疯狂飞翔
就像玉米地里的流萤
撞击着我单薄的胸腔
还有母亲流泪的脸庞
“一定要把他找回来
家里没有挑水的肩膀”

南来北往的候鸟
见证着我的流浪
我沿途乞讨
始终不愿掌心朝上

我乞讨一丝风
告诉我一缕你的消息
我乞讨一滴雨
从你的脸上流到我心里

哥哥，你离开家的时候
你把心留在了家里
它每天都在流血
流成龙江河那条时急时缓的脉

我捧着你的心去找你
我怀揣着故乡去找你
是害怕你迷失在他乡土地
异常空旷的一片冰天雪地
哥哥，寻找你
我翻遍了异乡的草莽

十指还渗着血滴
哥哥，呼唤你
我吐出了殷红的心脏

一枚惆怅的夕阳
夕阳下白茫茫的大地
我四处张望
站成了一个古老传说
千古芳香的美丽凄凄
故事的后面，冰雪的后面
是我划破后又冻伤的脸庞

但我要用我的心暖着你的心
那枚古莲子的胚芽
我把它藏在千年雪被的茧里
为我的哥哥孵化一对翅膀
等我见到他的时候，故乡
等我和他十指相扣回来的时候，村庄
我要你，我要你，我要你像花儿那样开放

二、我们的家

我有一片最蓝的天空
它在高高的山冈上
木楼支起天梯
树林映照天宇
一望无际的是那桑叶地
还有炊烟伸着温柔手臂

是我的母亲
指着一条条山径一道道田坎
让我的小哥哥寻我回家去

月牙，我那顽皮而小巧的心
捧着它的依旧是蓝蓝的天宇
就像母亲托着我们的脸
仔细看看哪儿有泥

哥哥，我们明天能看到最美的日出
也是在高高的山上
时而在老牛犁地的泥土里翻滚
时而在父亲挑山的背脊上定格
天未亮犬吠鸡啼
我们的家呀
早把日头等不及

三、龙江河的一滴水

那是好多好多年前
它在我体内流淌的时候
你还是一尾很小很小的鱼
你每天都像村里的孩子那样
玩累了就睡觉
睡醒了又开始游戏
我捞回满满一河的星星喂养你
月牙儿抿着嘴角静静不语呵气如兰

我每天都在做一件事
努力收藏雨滴
努力拢聚小溪
一天天，一年年
我怕我来不及
来不及数清你吐的泡泡
一个二个三个四个五个六个，还有一个是——七

我就是宜州那河的水滴
我要加宽我怀抱的宽度
我要加长我手臂的长度
我知道你总有一天会长大
所以我每天的泪水擦也擦不干
总是从左眼流回右眼
从春夏流到秋冬之季
我怕你会从我的梦里游走
我怕我会在你的梦里流尽

龙江河，我体内流淌的血脉呀
我一定要在天黑之前
通知急急赶路的鲧
还有刚刚路过我门口的禹
我要鲧帮我加高这边那边河堤
我要禹帮我在心上再挖一条渠
快，快，快！
三百六十五天就是一年

四、龙江河的那条鱼

龙江河的那条鱼
你说什么？再说一遍嘛
一直说到月落乌啼星儿稀
你吐一个水泡包裹水中月
龙江河里醉人的媚眼
明天又看花儿开在春风里

龙江河里那条鱼
游过来，再游过来呀
一直游到我小小的船边
我为你的梦搭一个
透明的梯子
我让你和星星徒步回家

红尘云卷云舒
婆娑沧海桑田
夕阳染红两岸的河水
鱼说苦难已踏过我的背
星说那就让我带着你飞

五、马山塘的美

张开你的手掌
一个轻轻的梦
就像一只蝴蝶
扇着薄薄的透明的翅膀
让阳光从这面读到那面的美丽
仿佛那雏菊上珠露里的晶莹

你说马山塘很小很小
你说马山塘很美很美
告诉我：小有多小
告诉我：美有多美
一只蝴蝶怀里花朵那么小
还是美得像刘三姐的蛾眉

嘘——别说话
你就看着蝶梦在我手心儿怎样慢慢羽化

六、故乡即景

故乡河道

我梦中的河
那着一青衫的旅人
从未停下追逐鱼群的脚步
头也不回，目不斜视

那两岸的石头
是他攥在左手和右手的故事
一路安放的标点符号
日夜通读起伏的篇章
我的目光
如谷脱皮

故乡独木桥

我站在异乡的山上
望见故乡的独木桥
直挺挺的
伸进我体内
日日呼唤我——
“过来，过去”
“过去，过来”
其实，桥就一条啊
可是，我怎么时常觉得
过了好多好多条呢

石磨再忆

我们在乡下老家发现的
那个安静无语的石磨
曾经
有多少阳光
被它一片片碾碎
然后

轻轻流淌
好似米浆

梦回故乡

梦回故乡的时候
在那如臂的河湾里
用慢动作放下我的心
就像放下一条鱼

列车穿过丛林

列车穿过异乡丛林
那些树就长了翅膀
长了翅膀的还有山
那些一直蹲在河岸两旁的山
它们原是一群群静卧的牛羊

每当记忆如列车那般
从时光的轨道穿过
它们就从我心的栅栏里
轻轻挤出头来探望
“吱——”
裂开的声音很像种子发芽
我痛，并快乐着

我是一只流浪的蚂蚁

我是一只流浪的蚂蚁
一滴很小的雨滴
就是我面前一条宽阔的大河
一片很轻的落叶
就是我面前一座沉重的高山
可是，没有什么可以阻挡
我回家的脚步
终有一天
当雪花像蝴蝶飞满天空
当窗棂贴上红红的窗花
我会登上故乡对面的山坡
我泪流满面
我振臂高呼
妈，我回来了——

七、我与一粒玉米的梦

那一刻
我感受到了阳光
像水柱一样的阳光
为我灌顶
我的父母，那离土地最近的人
他们说玉米选种一定需要仔细挑选
他们说这句话的时候
正午的阳光就像水柱一样
所以每个字都经得起冲洗

我看着父亲摇动筛子
我看着母亲挑选种子
继而看见无数的玉米无数的太阳
我想，应该把我的心和玉米的种子
一起，一起都放进筛子，筛一筛
等到明年春天的时候
我想我会像一粒合格的玉米那样
从那些温酥的泥土里
叫上我那些玉米兄弟
一棵，两棵，三棵
在这一片，和那一片地里
填满绿色
为土地上色
用我们的身体
反反复复，洒满山坡

八、玉米

那些结满了阳光的玉米，成熟了
家乡岭上耀眼的风光，殷实，健康
心情吐着棕色的触须，坦率而诚实
从农家女孩朴素又干净的手上
汇集于屋檐、窗前和墙垛上
和红彤彤的热情的辣椒在一起，很爽
和黄灼灼的憨厚的南瓜在一起，很爽
玉米啊总是饱含着一种很想恋爱的疯狂思想
那些玉米一株又一株紧挨着日子

像从含羞的芊蕤少女到为娘的涨满乳浆
像从奔放的青春少年到当爹的老茧硬朗
在我眼里心上它们就是我祖先最初的形象
一粒玉米，就是我整个的故乡，就是我一生的爹娘
于是我生命的根系很阳光，很真实，很茁壮
在田间山冈，在宽阔的晒坪上，在粮仓在米缸
阳光般金黄的玉米喂养我灵魂里金戈铁马的战场

九、那个少年哪里去了

好久没有这样哭过
像泉水那样依着山脚汩汩汪汪
那个挑水的少年哪里去了
风中的石头一声不响
那条小路捧起他的小脚窝
轻轻地吻落一地月光

好久没有淌出泪珠
就像十年的树没有结出果子
那个种树的少年哪里去了
雨中的河水日夜流淌
少年浇水的木桶还在墙角守望
一双眼睛装满月的清凉

十、龙江鱼儿呀

这注定是一个朗碧的夜空，上苍抿着嘴角
我们十指相扣，我们热泪盈眶，晚风清扬

母亲打开柴门，那一声吱呀的响，伴着豆荚的笑
我们小小的故乡，玲珑，蝶翅下的绒花，云端轻柔飘荡
你的目光如电，穿透，我驻守了三百多年的石头
是我一直藏在童年时光里小小的拳头，紧紧地攥着传说
躺在故乡怀里，我慢慢张开手掌，就像花儿小心翼翼绽放
夜就用蓝家湾的手指，触摸了我清淡的芬芳
回眸之间，一条鱼的唇吻了另一条鱼的惊喜
它最爱的一颗糖豆，醉了左边的风右边的雨
鱼儿呀鱼儿呀，满河床，游十方

龙眼树在风中弹琴或者击掌为盟，誓言太重文字太轻
故乡的晒台上，所有的星星像蝴蝶那样飞翔
云朵里严裹着的月亮，你顽皮而小巧的心，如饴
将我心中幸福的鱼群全收到湾里来，任水花飞扬
玉米收尽，秋的天空越来越薄，轻轻的蝉的衣
我蛰伏几个世纪，只想为你弹一曲我生命的无悔旋律
嘘——不要说话，就这样静静看着我，看我在你目光里融化
我化成清泉汩汩，溢满整条龙江河，沉鱼落雁
空中花雨，将我们的心尽情地浸泡再加软化
浪凝固了是山，山融化了成波，心如如，如是观
鱼儿呀鱼儿呀，南无清凉地，火焰化红莲

当夜收拢了翅膀，像一只青春年少的候鸟，守望
一对红鲤已悄悄走到岸上，它们说有梦的地方就是水乡
它们说梦有多远心就能走多远，心比眼睛看得远
心能看见迦蓝地，“我们只要知道方向”，拈花观露
荷塘感动不已，所有的莲花献出了月光，天水一色
空中的经轮，谁在转响？朝着你的方向膜拜，我抓地翻掌

最是孔雀蓝的一声笑，逐渐散开，神秘如网
收获了三生之果，是两条鱼儿结珠的眼泪，星光
长庚化作启明，天际最初和最后的一抹光环中，鱼儿呀
拥抱着她俊朗而睿智的新郎，舞蹈天涯，化蝶飞翔
鱼儿呀鱼儿呀，穿越来世与今生，穿越所有的时光

原载《河池日报》《广西文学》《诗刊》等报刊

宋安群

宋安群

1945年生，宜州庆远镇人。编审。毕业于广西师范大学外语系俄语专业。做过河池县文工团、河池地区文工团专职作曲、编剧。还曾任漓江出版社总编辑、全国外国文学出版研究会副会长。

在北京工作6年间，曾独自主持《当代汉语词典》（400万字，中华书局出版）的体例策划和编审工程。

曾出版小说、散文、戏剧、外国文学翻译、古典文学评注、民间文化研究等著作单行本12部。发表大型剧本13部（含已上演剧本），其中一部文学剧本（合作）被广西电影制片厂摄制成戏曲艺术影片后放映。

所创作的大型音乐剧剧本曾四次蝉联中国戏剧文学奖金奖。三次获广西文艺创作铜鼓奖，还获山东“泰山文艺奖”、中国广播剧研究会专家奖金奖、全国少数民族题材戏剧剧本创作评奖金奖、中国戏剧节剧本创作奖、中国曹禺戏剧奖、全国少数民族文艺会演剧本创作奖金奖、广西精神文明建设“五个一工程”奖。

代表作品有民间文学研究专著《天籁地声——广西情歌之旅》《天歌地唱——广西当代山歌笔记》，戏剧剧本《人之初》《刘三姐前传》《冒着敌人的炮火》，中篇小说《山神的女儿》《瓦氏夫人》，散文《秦陵感怀》《埃及女王，我听你说》，诗歌《母亲》，外国文学翻译作品《爱河浪花——俄罗斯爱情短歌800首》《七彩婚床——俄罗斯婚俗歌谣》，等等。

我插上梦的翅膀穿越
大地母亲的吻

我插上梦的翅膀穿越

——旅游杂志自白

我插上梦的翅膀穿越
我无所不在紧紧跟随你
在码头，在车站，
在船上，在车上，
在飞机上，在街头……
我只追求你多情的一瞥，以及
和我深情对望一次
眸子对眸子
撞击出火花来
验证一句话——
百年修来的缘

原载《漓江》2000年4月号

大地母亲的吻

——旅游者告白

背一副简单行囊
不停地走、走、走
我们要周游世界
秋日黄沙漫卷
冬天寒风凛冽
能让我们畏葸却步吗
不，不，不
我们有一个伟大的支持者
她就是大地母亲
一直用她特殊的亲昵
为我们热烈祝福——
一年四季，不停地
吻我们的脚板

原载《漓江》2000 年 3 月号

温存超

温存超

1952年7月生，宜州怀远镇人。河池学院文学与传媒学院教授、广西高校教学名师、广西著名文学评论家。毕业于广西民族学院（今广西民族大学）汉语言文学专业，先后进修于华东师范大学文艺学骨干教师进修班、广西师范大学中国现当代文学研究学者班、国家教育行政学院高校中青年干部培训班。历任河池师范高等专科学校（今河池学院）附属中学校长、河池师范高等专科学校副校长、河池学院教务处处长等职。广西作家协会会员、广西文艺理论家协会理事、河池市文艺理论家协会名誉主席、广西先进文化发展促进会副会长。出版有学术专著和文学作品集共6部，主编著作和教材5部，发表学术论文100余篇、文学作品100余万字。先后获广西文艺评论奖、自治区级教学成果奖、河池市首届“刘三姐文学艺术奖”等奖项。

选择大巴

在路上

选择大巴

每逢出差，我都乐意
选择乘坐大巴
欧洲之星或者大宇
那份感觉特好

不用难为总是抱怨
车子不够用的主任
无须打申请报告
陈述和强调用车的理由
节约不该浪费的纸张

大巴高大宽敞
可以挺拔身躯上下
比航空椅坐得舒坦
不像进轿车那样低头弯腰
还得委屈双脚卷起

大巴平等和谐
每个座号都代表权利
矿泉水和面包
巴姐的笑容全车共享
不像在小车里

寥寥几座等级森严
大巴明亮开放
每个人都拥有一扇车窗
尽情欣赏流动的风景
任意享受自然的风光
不像轿车那样封闭
昏昏沉沉憋得发慌

每逢出差，我都乐意
选择乘坐大巴
欧洲之星或者大宇
那份感觉特好

在路上

——致友人

你在路上，我在家里
给你发短信
用你送给我的手机
把一颗心编成信息

在乍暖还寒的季节上路
你是否认清了这个季节
我怕你被温暖的假象蒙蔽
没有准备足够的寒衣

你在路上行走，夜以继日
跋山涉水，越过戈壁
我怕你丢了地图和指南针
在海市蜃楼中方向迷离

你在路上行走，马不停蹄
目标在前方，路在脚下
我怕你只顾盯着前方

忘看脚下，不小心打了脚蹄

你在路上，我在家里
给你发短信，在书堆中
我想起乘舟直出三峡的李白
想起夜里挑灯看剑的辛弃疾

你在路上，我在家里
我不停地给你发短信
同时，也焦急地等待
你不知在何时何地回复信息

原载温存超作品集《三月雨》

谭为宜

谭为宜

湖南茶陵籍，生长于宜州，河池学院教授。2014年获教育部授予“全国优秀教师”称号。广西壮族自治区人民政府督学，曾任河池学院中文系主任、文传学院院长，现为广西高校人文社会科学重点研究基地——广西人口较少民族发展研究中心常务副主任，河池市文艺评论家协会主席，广西作家协会、广西桂学研究会会员，广西写作学会常务理事，广西文艺评论家协会理事，中国现代文学研究会会员，中国文艺评论家协会会员。在北京大学做访问学者时，获北京大学授予“创新成果奖”。主要从事中国现当代文学教学与研究，有专著3部，担任主编、副主编的著作各4部，参编教材6部，公开发表学术论文60多篇，专著《戏剧的救赎——1920年代国剧运动》被专家认为“是当前中国现代戏剧史研究中的一个重要收获”。业余爱好文学，有小说、散文、诗歌、戏剧作品获奖，出版了个人文学作品集《紫云英花开了》。

竺可桢，我们永远的尊长

我是

世纪的约会

竺可桢，我们永远的尊长

——纪念浙江大学西迁宜州办学七十五周年暨竺可桢校长铜像落成典礼颂诗

我们乘着古越的和风，从鉴湖来，
从美丽的杭州湾，会聚这里。
我们飞越太平洋，从伊利诺伊，
从哈佛，摘一片异国的虹霓献给您。
要不从建德、从吉安
再寻您匆匆的脚步。
从泰和把您心底的眷念、哀痛
重新铸入您的躯体。
但我们不忍
把远去的旧创重又拾起。
我们要将遵义的醇酿，
湄潭的翠芽作为飨祭，
来奠礼时代精神的导师，
我们永远的尊长。

不，不，就在这里，就在这里，
龙江河畔，宜州古城您更加熟悉。

您听，文庙里还响着琅琅的书声；
东郊古老的标营，学子的操练，
仿佛杀倭的勇士，驱敌的将军；
湖广会馆还透出油灯的闪亮，
照彻天宇。
您忘了吗？
宜山西一街32号的故居，
苏步青、胡刚复、马一浮、丰子恺……
与您夜谈，
才刚刚离去。

是啊，宜州人又怎能忘记，
浙江大学的西迁
岂止是一次无奈的跋涉，
痛苦的离聚。
这更是一次文明的播撒，
文化的洗礼。
妇孺翁媪都在注视师生们
每一次举手投足，
街巷垄畴都在倾听大师们
沉钟般的足履。
于是田间地头，
师生与农家共话桑麻；
联席会议，
您庄严地与群贤齐商国是。
我们骄傲，我们自豪，
“既至宜山，就做宜山人可也”，
宜山的市民中曾有过一群人中翘楚，

他们曾经是我们的邻居。

人们曾经皓首穷经，
去探求人生的哲理，
大学教育的真谛。
古人说“修学好古，实事求是”，
王阳明倡导“知行合一”，
哈佛大学的校训是“信仰真理”，
您举起了“求是”的大旗。
是殚精竭虑的抉择，
也是深邃的集思广益。
“求是”——浙江大学的校训，
更是一切行动的法矩。
它就诞生在宜州城中那间小屋，
似炬火照耀了征途万里。
随后，校歌又相继诞生，
“大不自多，海纳江河，
惟学无际，际于天地。”
“尚亨于野，无吝于宗，
树我邦国，天下来同。”
这宏大的气魄，
属于浙江大学，属于宜州，
属于炎黄的后裔。
宜州——浙江大学的“精神家园”，
宜州——浙江大学的第二故乡。
国有成均，
龙江之滨，
浙江大学赋予宜州莫大的荣誉。

不知何时开始，
您的胸怀就装满了风云霞雨，
水旱霜雪写满了厚厚的日记。
那睿智的眼眸洞悉大地，
注视人与自然的和谐生息。
您的脊梁挺起教育的大厦，
孜孜不倦，以求真理。
让我们重温七十五年前的播火传薪
让我们跨越七十五载的筚路蓝缕。
“东方的剑桥”又回来了，
与我们共商宜州发展的大计。
竺校长来了，
两肩霜花，风雨兼程，
迈着坚定的步履。
您将再领着我们进行一次
新时代的西征，
因为还有外侮，还有愚昧，还有贫瘠，
向沙漠的进军还要继续。
让我们高扬“求是”的精神，
一直向前，披荆斩棘。
因为我们的身边有您——
我们时代精神的导师，
我们永远的尊长。
这是个善于征战的群体！

我是

——写在澳门即将回归的日子里

我是滴泪的斑竹
曾在岁月的风中摇曳、啜泣
纤巧的躯体
被历史的沉重压得太弯、太低

我是啼血的杜宇
血痕中闪着赤子的凝碧
我啼咒败类的卑躬
憎恨殖民的樊篱

我是不屈的精卫
要用平等填埋凌欺
终日衔来民族的嘱托
让希望在怒海中累积

我是逐日的夸父啊
未曾化作邓林憩息
焦渴时吸吮母亲的甜乳

迎接朝阳在期盼中升起

我是指北的磁针
回归的心愿从未偏移
我是盛开的白莲
未来是我永不凋谢的花季

我是《七子之歌》中
第一个被吟诵的儿女
是九百六十万平方公里
不容分割的土地

是伟大的构想扫除荆棘
是龙的血脉把我们维系
是中华的强盛使梦幻成真
游子回归写下悲壮的一笔

屈辱的历史已是黎明前的阴霾
是不该忘却的记忆
中华儿女洗尽铅华
似凤凰再生于辉煌灿烂的世纪

世纪的约会

——为“迎接21世纪诗歌朗诵大赛”而作

让每一位诗人，
为你献上华美的字行；
让每一位歌手，
齐声为你高唱。
让每一缕阳光，
都写满时代的沧桑，
连同千年蛰伏的情愫，
血与火谱成的乐章，
一同呈送给你，
新的世纪，新的辉煌。

为了你的到来，我们将
巍峨的长城筑在山巅，
让它见证兵戈与狼烟，
见证杀戮的大漠，逐鹿的中原；
无谓的争斗，血腥的暴殄；
流亡的人群，外敌的枪尖；
还有人民的铁流，

晴朗的蓝天。

为了你的到来，我们将
九曲黄河沿着中原大地徙迁，
让它见证荒凉和贫瘠，
见证石困的大山、不毛的沼地，
蒙昧的双眼、茫然的哭泣，
茅草的屋顶、卖身的文契，
以及艰难的开垦，
终于直起的背脊。

为了你的到来，
把求索的跋涉写满宇宙，
让它见证失败与成就，
见证屈原的天问、南望的陆游，
百日的维新、辛亥的战斗，
南昌的热血、井冈的怒吼。
升起天安门前的红旗，
改革的春风绿满神州。

我要将新世纪的梦想织成壮锦，
壮锦里有你，有他，有我；
有我们祖辈千百年的期盼；
期盼和平代替了兵戈，
歌声扫荡了战火，
智慧驱赶了愚昧，

贫瘠长出了硕果。

我奏响了悠远的编钟，
盛开了灿烂的紫荆与白莲。
为了你的到来，
放飞了“神舟”飞船。
吹响大西北开发的号角，
让三峡贮满深深的蜜甜。
为了你的到来，
崛起的中华换了容颜。

新年的钟声即将敲响，
你婀娜的娇姿将要出现。
我们——龙的传人，
递给你大写的名片。
我们一同迈着春天的步伐，
和平与发展的理想就在前面。
挽起五洲的臂膀，
掀起大洋的狂澜。
向宇宙恭读我们的信念：
新世纪的曙光，
将照亮每个人的心田。

原载谭为宜作品集《紫云英花开了》

侯志锋

侯志锋

1967年出生，壮族，宜州龙头乡农民，现漂泊于珠三角打工。广西作家协会会员。曾在《民族文学》《广州文艺》《芳草》《黄河文学》《作品》《诗刊》《广西文学》《文艺报》等报刊发表中短篇小说、诗歌、散文（非虚构）多篇，曾获中国工业文学奖、全国打工文学征文大赛小说奖、广西壮族自治区成立60周年文学创作征文活动散文一等奖、壮族文学奖等奖项，出版有短篇小说集《背起所有的乡野》。

50度角

喊山号子

50度角

她坐流水线
她坐的位置她说是50度角
流水线两边坐满了员工
整体360度，她说
她的任务是在线路板上插6个扁仔
流水线水一样流，线路板汩汩地汇入她的怀抱
载着她插的6个扁仔，像船上的6张帆
它们又流向下游

她坐的是50度角，她说
她的位置换来换去
春夏秋冬。无论什么角度
在她眼里都是50度角
她不光插扁仔电容器，还插水桶电容器
有时候插电阻器，有时候插IC

流水线是360度
她说她坐着的是50度角
有时候被班长训，她想顶嘴
语言又潜入心底
有时候同事有意见，她想辩解

语言又潜入心底
流水线是360度，她的语言只处在50度角
她看到窗外的阳光
照进窗口，形成50度角
有时候面对怒斥，她也想倒出心里的360度
像流水线一样释放飞翔
但话到嘴边又咽了下去
换成一张笑脸

她受的委屈太多太多
她眼眶的50度，不能盛下多余的泪水
它们只好往心里流
那些委屈，转眼变成家乡山上飞来飞去快乐的小鸟

原载《诗刊》2017 年第 5 期下半月刊

喊山号子

累了必须喊，对着空旷大山喊
寂寞了一定喊，对着一座连着一座的大山喊
喊山，是山里人的禀性
心中遇到不平事，也要喊
一串串喊山号子哟，像山路一串串脚印
爬上山去。惊飞一只秃鹰

离开故乡，我只背走喊山号子
多年前粤东一家染织厂前
细雨霏霏的早晨
我们冒着雨，把烧焦的煤渣，一铲一铲
填铺厂前泥路的坑坑洼洼，然后拉着斗车
把大路边像山一样的煤
拉到锅炉旁。没有雨衣雨伞
全身被雨水淋得湿透。那时我想喊山
喊山号子，从胸膛中透出
不光为自己喊，为几个杂工喊
也为来自川西的王二虎喊
他正在厂前路边挖着壕沟
“老乡，在家挖了一辈子，出门打工还挖？”
他一锄头狠狠砸下，肚皮瘪到背后

雨水泡着他的脚板，他狠命一锄一锄
脸面水像瀑布直淌而下

每当我喊山，号子传出很远很远
从粤西喊到粤东，再喊到东莞和深圳
喊山号子，在深圳和东莞的丘陵中旋来旋去
旋出一大群大山人，他们拼命喊山
喊起一座座依山而建的大厦
而遗弃大山里的母亲，头发飘散成山野植物

原载《广西文学》2016 年第 11 期

韦杰

韦杰

1959年生于宜山县（现为宜州）庆远镇，水族。20世纪80年代开始学习写作。曾在《宜州报》《宜州文学》《河池日报》《金城文学》《北海日报》《三月三》《灵水》《广西文学》等刊物发表诗歌、散文，创作的话剧、小品曾经获得市级、自治区级奖励。

弄潮儿

寻找感觉

致大海

弄潮儿

记得吗？在去海滨的路上
我和你编织着生活的帆篷
你说：要做勇敢的弄潮儿
我说：要做美妙的海的梦

你要把青春的热血汇入时代的大潮
不管前程有多少恶浪狂风
我要在梦中寻找宁静的诗意
寻找一个罗曼蒂克的朦胧

如今，我却要开动马达
追赶你的步履和音容
哪怕海浪翻腾汹涌
只要我们风雨同舟，患难与共

我相信，苦涩的海水
也蕴含着韵味无穷
辽阔的大海是最美丽的诗笺
甜美的诗行将写满我们的帆篷

原载 1986 年 3 月 26 日《河池日报》

寻找感觉

开门见山，见惯了高山
便模糊了雄伟、挺拔的记忆
开门见山，看倦了青山
却读不懂绿色的含义

于是，便去想象那大海的辽阔
充满罗曼蒂克的意境
去寻找韵味深远的诗意
感受汹涌澎湃的激情

终于，你穿过高山的寂寞
去寻找浪迹天涯的感觉
当海潮漫过了你的心胸
却说不清是感伤还是喜悦

好想，好想握住波涛的手
诉说温柔缠绵的情义
摘一束洁白如雪的浪花
装进永恒的蓝色记忆

装不进的是海的情愫
天天，潮起潮落依旧

摘不完的是浪的花朵
年年，花开花谢依旧

沉默冷峻是高山的性格，然而
山却缺少海的深沉、渊博
呼啸奔腾是大海的骄傲，然而
海也没有山的挺拔、巍峨

珍惜，你所拥有的
是一种难以复得的美丽
向往，你所追求的
是一种不易超越的美丽

原载 1994 年 8 月 2 日《北海日报》

致大海

因为你是大海，我才站成海岸。

——题记

自从有了蔚蓝的大海
便有了深褐色的海岸
荒凉粗犷的海滩
没有春没有夏没有秋没有冬
澎湃的惊涛是你的自豪
没有回应却是你的悲哀
黑色的礁石印证了海水的苦涩
尽管礁石上盛开着洁白的浪花
却没有一只手伸来摘采

海风想呼唤那片飘远的帆影
疲倦了咽喉望酸了眼
吹皱了海岸的青春

你并不知道
晨曦告诉你昨夜的梦
是枕着海岸的臂弯做成的
于是便有了蔚蓝的拥抱苦涩的吻
有了轻柔的细语、如泣如诉的歌
有了久久的凝视、深深的思索

原载 1986 年 5 月 30 日《河池日报》

韦克友

韦克友

1977年生，宜州福龙人，瑶族。大专学历。广西作家协会会员。曾在《民族文学》《广西文学》等刊物发表文学作品100多篇，并有作品收入相关选集。

劳动纪事（组诗）

与秋天在一起

与秋天一起起床
小鸟从四面八方
衔来露水，晨曦灿烂
我在一块磨石上
磨着一把镰刀
反复的后退与推进
将迟钝的日子
磨得锋利和雪亮

与秋天一起走路
稻子从广阔的田野
送来清香，稻谷金黄
我走在阡陌之上
走向田野深处
稻谷的厚实与丰硕
将幸福的日子
嚓嚓收割和摊放

与秋天一起劳动
打谷机在四周轰鸣
机器带动，干净舒爽
我想起过去的时光
粮食总是装不满“谷桶”
社会的发展进步
将丰收的日子
写上欢喜与沧桑

与秋天一起散步
小溪从家乡的幽谷
汇来瘦水，甘甜清凉
我在河堤心情舒畅
低头吻吻河水
河水的前进与流淌
使未来的日子
不再犹豫与彷徨

简历

那年他应聘铁路装卸工人
一大麻包黄灿灿的玉米粒
他扛着走小学大操场一圈
脸庞不红呼吸从容
只是不知道几加几等于多少

第二年村里封山林全砍光
而学校的食堂蒸饭需柴火
他持钢钎丁锄和雪亮斧头
撬挖出崖壁上的百年木蔸
卖到我在的这所学校

七年前乡采石场开工
他一年四季搬石头装“后推”
偶尔捡出一枚螺蛳虫化石
历史久远，叩之铿锵，栩栩然
他随手抛掉继续干
不知道新修的公路将延伸向何方

三年前他在乡砖厂装砖车
从窑口到“后推”距离四五尺
他每次捧砖十块不停上下
“后推”每次装满砖就吐烟跑远
他趁这间歇用火柴点烟过一把瘾儿

一年前他重新爬山砍柴
每天三四捆装在手推车上
吱吱嘎嘎一路唱在村道上
卖到隔壁村里的纯大米酿酒厂

现在他交出若干钱来
爽快地交了农村合作医疗
他说：哎——哎！
寸脉尺脉好比那条村河

枯了溢了清了净了
哪还这么严格地分——
浮、迟、弦、数、促、代

扔石头并吹口哨的男子

个子矮小脸膛黧黑
在一座山上撬起石头
乒乒乓乓扔到山脚
男子扔着扔着，吹起了口哨
个子矮小脸膛黧黑的男子
吹着口哨，扔着石头
扔着扔着
山上所有的荆棘、树木、青草与藤
也都跟着吹起了口哨
他累了，收起所有的旋律
坐在一块石头上休息
他终于走进了一个梦
梦境里，扔下的那些石头
被奠基起了两层楼房。众目睽睽
他轻轻捉住一只婉约温情的手
走进了装饰一新的洞房之门

麻雀飞落稻田

一只两只三只成群的
麻雀飞落金黄的稻田
本来就鞠着躬的谷穗
显得愈加颤悠悠
弯腰向养育它们的土地
虔诚地致意

金黄的稻禾颤悠悠
一只麻雀用尖利的喙儿
啄起谷子吞进肚子
麻雀的喙上沾满泥巴

稻禾上麻雀歪着喙儿
在稻叶上往右一擦
紧接着又往左一擦
喙儿顿时变得干干净净
麻雀继续吞吃谷子
所有的麻雀吞谷子
尽是碰响禾谷的沙沙声
突然一只麻雀摇头晃脑
叽叽喳喳鸣叫
麻雀们都开始鸣叫
或许是在发表看法：
关于粮食关于诗歌
还有更多……
呼的一声麻雀全部飞走

老农握着镰刀撑着腰
驱赶麻雀飞上蓝天
消失在灿烂的阳光里
他的脸上挂满汗水

原载《民族文学》2013 年 6 月

用心去爱（组诗）

藏有香烟

如果我真的藏有香烟
香味儿在哪里呢？它点燃后
烟气又在哪里呢

许多年以前，我曾经
对那位和我一起放牛的老人说
如果我读书毕业有工作
我一定买一箱烟
赠送给您。放牛一天下来
最难以消磨的是时间

且让烟雾使你成为神仙吧
且让香烟烧去一些时间吧
且让烟头烧去一些生命吧
且让烟蒂烧去一些金钱吧
且让烟茬烧去肺烧去手指吧

如今您已命赴黄泉，老人啊

在您的墓碑前，我烧一支烟
供奉。我没有工作
那是我用稿费换取的
两包上好的香烟。而天空
是仿如碧玉那样的蔚蓝
蔚蓝得那样辽阔那样高远
山中的空气也多么清新
吞噬了所有的烟气和香味儿

啊，进城的班车里，我又想
如果我还藏有香烟
那个和我放了二十几年牛的老人
他咔咔咔的咳嗽声
又在哪里呢

用心去爱

吃蜂蜜吃不完的一点儿甜渣
我留给那只失群的工蜂
它在我的耳边哭泣已久
它伤心的舞蹈
让我备感忧伤。用心去爱吧
滴水之恩涌泉相报
蜜蜂开始回忆路途。说不定
它会陪你找到甜美的蜜之源

用心去爱吧。用心倾听

蚂蚁们整齐的脚步踢踏有声
一群蚂蚁列队从容而来
我又扔给它们一点点渣滓
喜欢这样的馈赠吧。我修剪指甲
蚂蚁搬走我一小部分的骷髅
而当我坐不惯冷寂的空山
沿途看见一群屎壳郎
它们小小的，可爱的
把一团团牛粪滚成圆球
滚向草丛中它们可爱的家
哦，用心去爱吧
当一双抓牛粪的手伸向稻禾头顶
我们没有必要说它不干净
用心去爱吧。而那谷子已褪去了衣裳
我们没有必要不爱它
爱它的光鲜它的洁净
因为它就是我们的爱人

写作条件

李白啊，你是绝顶的诗仙
你是斗酒诗百篇
我不胜酒力，因此啊
不能只与月亮的影子共舞
但必须必须啊，有一瓶陈年的葡萄酒
一双婉约温情手
为我斟一杯浅红的琼浆

我才能扛着我的打磨得光亮的钢笔
走到深秋的地里或田畴
写下汗水和农民的丰收
是三叔在两层的楼顶
把粮食摊晒把歌儿唱响

曹雪芹啊曹雪芹，你十年
让女娲炼成一块补天彩石
让黛玉葬花阻挡造化
因此我不能把好雨当眼泪
但必须必须啊，有一小袋炒得干爽的好茶
一双婉约温情的手
为我沏一杯山野的好茶
茶末舒展香气也展开
我才能顶着凡·高涂抹得漂亮的向日葵
到无人的岭上或山里
逍遥着自耕自种的生涯
是陶潜在东边的篱笆
把秋菊采收把白云打发

而我结为忘年交的老人啊
你面壁图破壁
在白皑皑的山崖前
一具雕塑描写山羊，描写山羊白雪的新衣
绿色的苔藓爬上你的双眼
你歌唱满月歌唱上天
歌唱抖落一地的残雪
歌唱漫山遍野的鲜花

你的眼里淌下浑浊的泪
落在你面前，便是两只脚印的坑洼
你为何要面壁三十年
三十年里把脚印踩成坑洼
写下两部诗集的神话
我觉得这并不重要
重要的是你浑身冰凉。而当你回到家
那一双婉约温情的手，是否还在
是否为你端来一盆，热气腾腾的
浴足驱寒的热水

制造浪漫的堂叔

九月，天高云淡，风过飘香
制造浪漫的人，我的堂叔
倚着那辆人力车，点一支烟
而他身边金黄色的稻浪
躺成了一望无际的乡愁
那是滨潭村有史以来的
最最硕实的丰收年

制造浪漫的人，我的堂叔
拉着装有五袋谷子的
人力车，举步生风
谁知这之后的他
竟住进了医院。我的堂叔
仍然笑逐颜开谈笑风生
仍然大块吃肉大个吃果
一天下来还读一个钟头的报纸

他知道自己病重了么
回到村上的堂叔
首先是卧床不起，低烧不下
我们把床腿锯短，是想让你
浸一浸地气
好积攒力量走上黄泉路
无论谁都要迈这一步的
过了不久你便和白血病
躺进那个盒子，你的身下
是柔软的白灿灿的麻布

天说下雨就下雨了，
那是天堂落下的粮食
那天我写礼金簿都下笔很重
我大口大口地吸烟，一笔一画地写字
制造浪漫的堂叔啊，
那天的念经声铙钹声
响得震动人心！村路之上
走动着洁白的麻布
你说你要让微生物消融你的身体！
制造浪漫的我的堂叔啊……

原载《广西文学》2014 年第 9 期

在山的日子（组诗）

冬天的雨

冬天的雨
横着面孔
我拥抱你

冬天的雨
落在厨房
石头紧闭

必须到河那边
采回一些螺蛳蛋
我喜欢这红莹莹
的东西

我爱这凄清的雨
落在厨房
石头紧闭
天空的双眼空洞
草丛中晶莹的
是我昨晚的泪滴

其实很静

山中的画眉鸟叫声清脆
捕鸟人的叫声也清脆
分不清哪是真假

林中蝉鸣响亮
螳螂捕蝉移动的脚步声也响亮
林中偶尔飞起一只山雀
翅膀拍动微风的声音更是响亮
它们窥视螳螂的目光
也让人感到心怵
噗的一声，一片落叶
飘向林中厚厚的落叶层
让人觉得这一切其实很幽静。而秋天
已悄悄走过了我的指尖

我听见走路的声音
一切很静。我在用心等待
一场生与死的较量和大爱
等待阳间寿终
走向更静的幽冥之界

另类逻辑

那个夏季里的某一天，我扯了
一种尾梢很尖的一根草
捋去粉末，用它很尖的尾梢
蘸了蘸一种小的野果子的浆汁
粘住了一只大大的“老虎蜻蜓”
然后我在四周的草地上
随意捉来一只硕大的蚂蚁
把它放到蜻蜓的身子之上
蚂蚁发现蜻蜓这么个食物
就高兴地啃咬了起来
我松开手放飞了硕大的“老虎”
几天之后我仍然放牧着黄牛
突然发现那只硕大的“老虎”
的肉体已被蚂蚁啃吃一空
仔细听一听。你会听见
微风把“老虎”的躯壳吹得
呜呜地响。再仔细寻找
你会发现那只大的蚂蚁
也许是食荤过度而拉肚子
也许是因孤单寂寞孤苦无助
死在了“老虎”身边。风吹来吹去
吹得消尽散绝

可是时间

铙钹声声，响彻村庄
白衣素衣，进出厅堂
我的堂叔已安详入殓
父亲吩咐我去砍芭蕉树
好做上香的物件，我连忙
穿上刚买的唯一的
新衣，提起菜刀出了门
芭蕉树的浆汁是会浸渍白衣的
我在树下举起菜刀
可是啊那刃口的时间

早上我独钓寒江，春天
已经悄悄来到我的身旁
河畔的草是与河水一样的
绿啊。一只伶俐的翠鸟
扑通一声飞入河水，叼起
一条白色的蓝刀鱼儿
我收起钓竿离开河岸
一步一回头，投给那涟漪
以最虔诚的注目礼
可是啊那笑纹里的时间

晚上我在白亮的小屋
从东走到西，从南走到北
这边是宇宙的天窗
那边是书架的天堂
前边是天使般美丽的美人画
后边是铺展一新的床
窗外暗夜飘来冰凉的雨
濡湿我手中的书页
无始无终啊，可是
这走向何处的时间

原载《广西文学》2012年第7期

亲亲土地

在春天的田野里置一把犁
农民啊，我的好兄弟
你亲亲土地
不用缄默的双唇
而用双脚和锃亮的犁
扶一扶犁把
扯一扯缰绳
甩一记响亮的鞭花
希望的日子便在天空中
小鸟一般的轻盈——

在夏天的玉米地里竖一把刮
农民啊，我的好兄弟
你亲亲土地
不用温情的私语
而用双脚和漂亮的刮
擦一擦汗水
挥一挥月刮
埋一把杂草的谎话
逍遥的日子便在小树下
陶潜一般的清醒——

在秋天的稻田里横一把镰
农民啊，我的好兄弟
你亲亲土地
不用甘甜的米糕

而用双脚和雪亮的镰
抖一抖精神
舞一舞镰刀
收一束珍珠的饱满
富足的日子便在稻草里
情诗一般的动听——

在冬天的餐桌上摆一碗饭
农民啊，我的好兄弟
你亲亲土地
这回该用缄默的双唇
而你的爱人已裸着胴体
举一举蜡梅
扬一扬枝叶
只一眼太阳便滚下了山
温馨的日子便在小屋前
冰花一般的晶莹

原载《广西文学》2012 年第 7 期

这是春天（外二首）

这是春天
骚动的时间
电话和叶芽的时间

这是早晨
影子在拉长
这是阳光在洗浴你的脸

这是阳光
这是上天的拉面
穿过朱红的窗棂

这是下午
用它圆润的手掌
摊晒着白色的纸板

这是黄昏
色调明丽的风
在逐渐吹进你的毛孔

这是夜

雕刻细致的石头
在压迫着我们的面额

秋天的一朵闲云

我轻轻地走到窗前
把双眼放在玻璃上
看见天空飘着一朵闲云
因为洁白无瑕，天空
似乎显得一无所有

我封闭了很久，关在屋中
随意思念曾经的人
洁白的婚纱使人眩晕
古书上留下多少泪痕

荷花的琴弦余音袅袅
洁白的烟雾升起
时钟开放了多少花苞
蝴蝶停靠了多少花蕊

我转过身走进屋中的桌旁
顺便潇洒地挥一挥手
窗台上出现的故人容颜
像一朵闲云随意地飘走
空留的只是天空的澄澈

窗内窗外

窗内摊着一张纸
我燃着烟斗
在画两只小小的红狐
逗人喜爱的红狐
在奔跑和嬉戏
窗外，我女儿已亭亭玉立
正在柔软的晨曦中
梳理长长的秀发
时间好像立得很正
所以秀发披挂着
使我想起了清溪边的垂柳

烟斗熄灭的那一刹那
教官喊了一声口令
时间来了个急转弯
突然刮了一阵风
红狐飞出窗外
扑地之后静止
我听见了
垂柳枝纷纷断截的声音

原载《广西文学》2005 年第 11 期

喊山

站在山间谷地，这位汉子
开始喊：斧头——斧头——
他的意思是黄牛啊黄牛
快点儿来喝这盆污水
或者喊：哞——哞——
他的意思是母牛啊母牛
你的儿女要吃奶了
或者喊：皮鞋——皮鞋——
他的意思是黄牛啊黄牛
回家吧，你的皮料好做鞋哩
青草、绿树、紫藤以及荆棘和石头
似乎都支棱着耳朵
静听汉子洪亮的声音
或者窃窃私语，告诉汉子
他的黄牛在什么地方

从七岁开始，这位老人几乎每天都在放牛
几乎每天都在喊山或喊牛
他喊了整整七十三年
喊得他的支气管得炎症

喊得他的喉咙咳出了鲜血
喊得他的儿子去了远方
——遥不可及！从此
滨潭村的人们吃晚饭
都能闻到牛肉的香味儿
而现在这位老人
穿着一套大号中山装
一双精致考究的皮鞋
坐在小城公园的石凳上，阳光温暖
他晒着太阳，仿如饱后的黄牛在反刍阳光
看看公路上车来车往发呆
他多么想回到自己的翚场
喊喊他的山、他的牛

原载《广西文学》2012 年第 7 期

毛妤斐

毛好斐

祖籍河南，生长于宜州。中国音乐文学协会、中国大众音乐协会、中国音乐家俱乐部理事会成员，广西作家协会、广西音乐家协会、广西音乐文学协会等会员。1989 年开始发表作品，曾出版《2014 白天鹅新锐诗选》合集，参与编撰《河池文化丛书》和《河池山歌丛书》，有诗歌、散文、歌词、曲艺作品多次在全国性的比赛中获奖。2012 年《三姐家乡歌飞扬》助力中国传媒大学参加 CCTV-1 综合频道《毕业歌》比赛获第二名，该歌曲于 2013 年走进 CCTV-3 综艺频道；2014 年童谣《编藤娃》在广西优秀童谣征集活动中获一等奖；2016 年广西文场《孝敬父母好儿郎》获广西首届曲艺比赛文学奖，散文《三送三别黄官桥》被收录进《中国双拥》《鱼水情深——纪念延安双拥运动七十周年征文作品集》。

思念

山野歌曲

徜徉云海

冬夜飘浮的水墨画

手指缝隙

思念

我想拂开这黑沉沉的夜
把晨曦的光环托出
遥盼已把我激怒
我不由迷茫四顾

我想静立在海的沿岸
把归帆的影子点现
地平线上只有浪的起伏
风儿呵，请把我的思念，驮去

我想把那飞逝的银带唤回
乘一叶扁舟缓缓追忆
但愿能迎来春柳的垂抚
虔诚地筑起明天的路

原载 1990 年 10 月 20 日《河池日报》

山野歌曲

我是一支山野歌曲
迈着粗犷的步履
沿着你的踪迹
山泉边
盛开的那朵睡莲呀
曾栽下几许无绪的迷离

我是一支山野歌曲
尾随余梢的潋滟
姗姗踱进你的梦夜
山腰间
浸染着阳光的迷林里
再一次荡起你的私语

多少次雾散时
你拖着我——
这支山野歌曲
狂跑着跃进那块
自由的天地
去追寻梦中的希冀

原载 1999 年 11 月 9 日《南宁日报》

徜徉云海

渐渐地，看着太阳撕开红帘
看着云海
在风中畅游
霞溪，向南北两向延伸
期盼已久的霞光，露出了真容

想象飞机的羽翼
感受云海的磅礴
眷恋着粉红飘逸的霞带
千千万万大山，犹如惊涛骇浪
滚滚向南，不停地奔流

穿越云海，远远地望去
云海中徜徉着一片小舟
哦，那不是小舟，那是一只飞鸟
一只顽强在天空翱翔的大鹏
那是一张飞向光明
飞向梦想的希望之帆

居高临下，点数着脚下
游过的千万点峰峦，不由惊叹
人世间，竟有如此绝妙的神韵
倾听爱的罗曼史，沐浴清爽的阳光
依偎色彩斑斓的霞带
本能地伸出双手，黎明我的爱

原载 2004 年 12 月 28 日《左江日报》

冬夜飘浮的水墨画

远处的涛声，撞开了心房
水墨画似的山峦，层峦叠嶂
李白的笔架子，为何在此遗忘

灰白色的峭壁顶端，有一只
狂野奔跑的狼，乡间农妇
站在水中，仰头把它凝望

微风，悄悄挤进厚实的棉袄
丝丝凉意，已穿透
未来的迷茫

一曲凄婉的梁祝，在水面飘荡
橘黄的灯光，像一支支蜡烛
点点浮在草坪上

月牙，挤过叶隙
吻上冷清的秋千
星星眨着眼睛，道出未来的漫长

草虫叽叽喳喳，划破宁静

平坐长椅上的两个身影
被橘光拉得很长很长

原载 2012 年 7 月 8 日《珠海特区报》

手指缝隙

透过手指缝隙看黑夜
就像透过九万大山的山峦间隙
看另一个世界
夜，寂静无声，远远的天边
有一盏橘灯
正缓缓地抹掉心底的漆黑

透过手指缝隙看白天
黎明跳出眼帘
熙攘的人海里
涌出一张笑脸
那是生命中
怒放的花蕾

纤手如葱
透视生命的黑与白
纤手如花
点缀生活的酸与甜
纤手如笔
描绘人生的丑与美

原载 2015 年 1 月 21 日《广西日报》

覃美艳

覃美艳

1968年6月出生，宜州人，壮族，大学本科学历。1985年10月担任广西宜山县三岔镇羊角村妇代会主任、计划生育宣传员，1986年12月加入中国共产党，1987年参加广西壮族自治区乡镇聘用制干部招考并于同年6月被宜山县人事局吸收为乡镇聘用制干部。先后在宜山县矮山乡人民政府、宜山县（宜州市）妇联、宜州市委政策研究室、宜州市委宣传部、宜州市委办公室、宜州市行政服务中心、政协宜州市委员会办公室等工作。现任河池市宜州区人大常委会教科文卫与民族工委主任。1987年开始发表作品。先后在《河池日报》《诗人》《北海日报》《贵港日报》《广西社会科学》《政策天地》《广西政协报》等报刊发表诗歌、散文、杂文等各类体裁的作品60多篇。

期待（外一首）

夜

涌动的青春

期待

（外一首）

每天每天都借故钻几次收发室
每天每天都注视室外的自行车
你的消息是骑自行车来的
但是自行车总是粗心大意
总把你的消息遗忘在邮包之外

两只眼睛早已望穿秋水
明亮的深潭再也无法明亮
但却无法模糊你的影子
你仍然清晰仍然潇洒仍然高雅
无法恨你无法怨你
只怪自行车不能及时驮来你的情意

夜

就这么凝重
就这么深沉
像一首谜诗在我心底

抬头也是你
低头也是你
有你夜色才充满诗意

想着你盼着你
盼这夜色永驻
又怕拖长了佳期

原载《诗人》1990 年第 3-4 期合刊

涌动的青春

伊甸园朵朵含笑的花蕊
牵动着怀春少女心底的秘密
牧童的一段春之恋
如百灵鸟的歌儿悦耳动听
唤醒多少痴情男儿
走出失落的惆怅
去拥抱五彩缤纷的春天

翻开青春的日历
每一页都闪动着感人的魅力
一行行都诠释着跳动的诗句
让每一个人读了都备感满面春意

不是所有的鲜花都结出硕果
不是所有的青春都富有诗意
时代的旋律
需要有热情的人们去高歌
才能奏出时代的交响曲

原载 1993 年 2 月 16 日《北海日报》

传统格律诗

覃异之

覃异之（1907—1995）

宜山县九渡乡（1955年划归都安瑶族自治县）人。黄埔军校第二期毕业生。民国时期，任南京卫戍总司令部副总司令等职。新中国成立后，曾任北京市人大常委会副主任、中国国民党革命委员会中央委员、北京市主任委员等职。诗作丰富，格调高雅，被著名诗人柳亚子称为“星斗落杯中将军”。

登白龙洞有感一首

参加全国政协视察组视察广西有感

游漓江即景

回乡感赋

登白龙洞有感一首

挺身直上北峰头，不见白龙出故湫。
山似貔貅来万里，城如铁链锁孤舟。
翼王豪兴留诗句，墨客行吟觅旧游。
眼底龙江流日夜，英雄事业各千秋。

参加全国政协视察组视察广西有感

耄耋故乡行，风光倍可亲。
中华新世纪，老骥奋精神。
世界风云变，神州大道明。
小康欣在望，马列焕青春。

游漓江即景

桂林山水久知名，美丽漓江喜放晴。
雾里群峰争妩媚，游船如在画中行。

回乡感赋

宜山宜水又宜人，久别归来倍可亲。
喜得余年逢盛世，故园处处画图新。

韦甘睦

韦甘睦（1914—2009）

宜山县（现为宜州）北牙乡人。民国时期，任《战斗日报》总编辑。新中国成立后，任政协宜山县委员会副主席。中华诗词学会会员、广西诗词学会理事、宜州诗词学会第一任会长。主编《宜州市志》，编注《宜州历代诗选》。

赴邕开会，路过昆仑，仰望雄关，欣然有作

雄关自古数昆仑，抗战夺高镇敌氛。
漫野遍横日寇骨，丰碑长表汉忠魂。
峰峦兀傲男儿志，草木青葱祖国春。
车外飕飗鸣耳畔，洋洋十万凯歌声。

徐州云龙山东坡石床怀古

泥爪鸿飞岂偶然[①]，湖山有幸住仙坡。
石床醉卧舒长啸，一代风骚九百年。

访宋代状元冯京墓

（1999年11月6日于河南新密市五虎庙村南）

冯京出自宋宜州，连中三元列状头。
为宦与民行善政，睦边安境著勋猷。

①苏东坡《和子由渑池怀旧》诗中有句云："泥上偶然留指爪，鸿飞那复计东西。"

四朝元老立身正，一代良臣美誉稠。
五虎庙前瞻墓志，缅怀先哲赞名流。

访隆中，咏诸葛

松林翠竹锁隆中，频顾殷殷起卧龙。
对策三分开伟业，挥师六出无全功。
先生有表酬先帝，后主无能用后雄。
尽瘁鞠躬摧壮志，古今凭吊仰高风。

寒风骤起，桐叶飘窗，灯下随笔

一叶敲窗忽报冬，旧裘初冷对寒桐。
枯枝有待春风绿，瘦颊微添卯酒红。
白发三千犹未老，童心七十岂名翁。
案头史课催人急，走笔孜孜趁墨浓。

壬申初冬
杭州行二首

一、偕友[1]游西湖小瀛洲

画舫排波泛碧流，轻风送客上瀛洲。
洲中有岛皆亭榭，湖岸无林不阁楼。
指点凭桥观锦鲤，翩跹戏水乐群鸥。
催归声里频回首，处处霞光景更幽。

二、谒岳飞墓

心香一瓣谒忠坟，墓道森森墓草青。
三十功名垂史册，八千里路著威声。
君臣徒抱屈降策，父子坚驰主战兵。
恨切权奸三字狱，至今人仰岳家军。

---

①友指莫瑞扬。

谒虞姬墓——甲戌初夏安徽灵璧

倾城盖世两深情，长伴军营百战频。
一夕楚歌悲玉帐，八千霸业望烟云。
婆娑未解君王恨，宛转立斸小妾身。
风雨黄昏明月夜，苍松碧草慰芳魂。

丁酉中伏
偕同仁赴郑州校对《宜州市志》

市志十年白满头，复迎酷暑上中州。
非关闲散恣游览，为杜差讹谨校雠。
史事几回曲折处，笔端依旧秉中流。
书成引领虚心待，后俊时贤指不周。

敬和覃异之老《回乡感赋》[①]

清茶欢聚迓归人，共话桑麻倍觉亲。
满座同歌政策好，宜山宜水焕然新。

---

①《回乡感赋》见本书覃异之诗词选部分。

"处遗"[1]工作组到宜山感赋二绝

一

倏闻"廉访"到宜城，矜寡孤儿诉泪零。
不雨飞霜十五载，云收雾散见天晴。

二

颠倒人妖假乱真，神州遍地马齐喑。
一朝盼得沉冤雪，万众欢呼正义伸。

龙江桥即景

雾重山城静，江低一水清。
遥空十数点，近岸百千灯。
青鸟呈朝巇，黄鹂试晓声。
远瞻霞似锦，云海拥朱轮。

① "处遗"即处理"文化大革命"遗留问题。

浣溪沙·老来红

几点归鸦浮远空，丹霞赤照映疏桐，中庭闲咏步从容。
谁道冬来无好景，窗前犹艳老来红，休因马齿叹龙钟。

浪淘沙·
登君山朗吟亭谒吕纯阳（洞宾）像

负剑任翱翔，胸胆开张，朗吟云梦度潇湘。爱此江山多壮丽，三醉岳阳。

人海何茫茫，满目疮伤，几人救世有热肠？超俗绝尘唯酒可，莫笑佯狂！

画屏春·
参观君山柳毅井及传书亭

弱女怎堪夫婿恶，牧羊泪洒西风。柳郎闻得恸于衷。传书承付托，仗义探龙宫。

料理惊魂归绣阁，依然窈窕仪容。芳心每图报高风。弃官偕伉俪，千载说情钟。

宋安群

宋安群

1945年生，宜州庆远镇人。编审。毕业于广西师范大学外语系俄语专业。做过河池县文工团、河池地区文工团专职作曲、编剧。还曾任漓江出版社总编辑、全国外国文学出版研究会副会长。

在北京工作6年间，曾独自主持《当代汉语词典》（400万字，中华书局出版）的体例策划和编审工程。

曾出版小说、散文、戏剧、外国文学翻译、古典文学评注、民间文化研究等著作单行本12部。发表大型剧本13部（含已上演剧本），其中一部文学剧本（合作）被广西电影制片厂摄制成戏曲艺术影片后放映。

所创作的大型音乐剧剧本曾四次蝉联中国戏剧文学奖金奖。三次获广西文艺创作铜鼓奖，还获山东“泰山文艺奖”、中国广播剧研究会专家奖金奖、全国少数民族题材戏剧剧本创作评奖金奖、中国戏剧节剧本创作奖、中国曹禺戏剧奖、全国少数民族文艺会演剧本创作奖金奖、广西精神文明建设“五个一工程”奖。

代表作品有民间文学研究专著《天籁地声——广西情歌之旅》《天歌地唱——广西当代山歌笔记》，戏剧剧本《人之初》《刘三姐前传》《冒着敌人的炮火》，中篇小说《山神的女儿》《瓦氏夫人》，散文《秦陵感怀》《埃及女王，我听你说》，诗歌《母亲》，外国文学翻译作品《爱河浪花——俄罗斯爱情短歌800首》《七彩婚床——俄罗斯婚俗歌谣》，等等。

金城十咏

山城

老街

旧城

公园

韦拔群塑像

大铜鼓

红军标语楼

流水岩

小三峡

珍珠岩

宜州十题

江与城

会仙山

下枧河

九龙岩

南山寺

刘三姐

黄庭坚

石达开

孙中山铜像

吴老年

金城十咏

山城

峰挽环臂树堆云，山保平安绿葆春。
更瓢一纨多情水，携金带玉赠远城。

老街[1]

洋杂山货烟土[2]熏，船呼车喘九省音[3]。
耄耋脚夫叹旧事，古榕如梦曾遮阴。

①老街：金城江旧城区。

②烟土：一般指未经熬制的鸦片。此处有鸦片、炊烟、尘土三意。

③九省音：各省人的乡音。在20世纪初的旧中国，金城江老街曾是几省的通衢。

旧城

巴公译书秦伯记[①]，灯晦悲情离乱诗。
狼烟码头今在否？快乐王子[②]换书衣[③]。

公园

俯瞰八面本是山，精修雅境已成园。
窄城寸土黄金价，幸此划留惠民先。

韦拔群塑像

拔地拔山自拔群，莫究石雕不似真。
奉祭神贤总如是，只重灵魂不重形。

大铜鼓

能擂此物非是人，须呼巨擘下凡尘。[④]
何日求来神敲手，鼓连三挝[⑤]报升平。

①该句指的是秦牧有记载巴金当年在金城江躲避战乱的文字。巴公：巴金。秦伯：秦牧。抗战时，巴金避难羁旅金城江，在一小旅馆昏暗的油灯下翻译英国作家奥斯卡·王尔德的童话《快乐王子集》。

②快乐王子：借指当年文人与金城江有关的旧作。

③书衣：图书的封面。

④金城江广场有一面重达八吨的纯铜铜鼓，敲击此鼓颇为费力。

⑤此处的“挝”念zhuā，有敲击义。

红军标语楼

几掀血雨几腥风，此处唱红很正宗。
壁作涂鸦[①]黑白在，人成战神已空蒙。

流水岩

一窟射瀑半空悬，只靠莫一不靠天[②]。
倘使当年戳九洞，知是沧海是桑田？

小三峡[③]

夹江高峡剑峰成，欸乃天门出龙门。
两甲[④]已可甲天下，六甲[⑤]数峻甲桂林。

①涂鸦：字、画、诗文等下笔很粗糙随意。此处形容河池市金城江区河池镇红军标语楼内墙壁上的标语、漫画率性涂写的风貌。
②传说河池镇流水岩是莫一大王一戳就戳出来的。
③小三峡：此处系六甲镇沿江的天门峡、凉风峡、龙门峡之谓。
④两甲：指山好和水好。世有“桂林山水甲天下”之说。
⑤六甲：在此可指地名，亦借指若干种独特优异之处。

珍珠岩

何人藏宝千万年，堆珠积玉不见天。
如今洞开随心用，只饱眼福不饱贪。

2014 年发表于《河池日报》

宜州十题

江与城

练本绿练非是链，州定宜州不作舟①，
解得两把千年锁，自应更上一层楼。

会仙山

何处飞来大石钟，帅我北郊添葱茏。
人神都生登临意，仙凡相互觅影踪。

下枧河

翠筠素妆碧玉影，风流河载风流魂。
竹轮水车转亿次，最解山歌万年春。

①宜州地形旧有似“铁链锁孤舟”之说。

九龙岩

南山古腾九条龙，洞锁荒烟穴已空。
莫怨遗孑是跳蚤，大地早已成樊笼。

南山寺

燃指作灯洞幽明[①]，尘世晦朔求佛僧。
谁毁禅林菩提镜，只照古人不照今。

刘三姐

僮人诗经[②]唐宋兴，野传辈辈唱至今。
江山红黑歌都对[③]，人成歌仙仙成人。

---

①传说有和尚燃指作灯来照明，沿地下洞穴，从北边白龙洞走到南山寺。
②僮人诗经：指山歌。此处的“僮”为壮族之“壮”的旧字，读作zhuàng。
③指对歌的“对”，也系对错的“对”。

黄庭坚

愁人愁酒愁城东[①]，老尽偶发少年雄[②]。
苏黄米蔡[③]黄在此，纵留衣冢[④]地也红。

石达开

铁城自古缺英雄，亭[⑤]竖山魅啸大风。
是王是匪莫细论，只赞文光射日虹[⑥]。

孙中山铜像

曾经无处不中山，今剩几园塑逸仙[⑦]。
城小义高幽思远，暗恋“三民”谆谆言。

---

①黄庭坚词有“山胡新啭，子规言诘，正在愁人处”句。宜州城东南有黄庭坚居住的城楼旧址。

② 黄庭坚被流放到宜州时已经60岁。次年在宜州写的词有“去国十年老尽，少年心”句，表达其被贬离京城11年之后既伤感又旷达的心情。此句的标点至关重要，有标点为“去国十年老尽少年心”的，其间无逗号，意思便大大不同了。

③苏黄米蔡：指宋代书法四大家苏东坡、黄庭坚、米芾、蔡京（后人换指蔡襄）。

④宜州有黄庭坚的衣冠冢。

⑤指宜州会仙山的翼王亭。

⑥石达开在白龙洞的题壁诗有“剑气冲星斗，文光射日虹”句。

⑦宜州中山公园塑有孙中山铜像。

吴老年[①]

泥水罗城不甘休，矮步戏妖[②]到宜州。
花扇耍爽中南海，兰花手指拔头筹。

原载 2012 年 1 月 19 日《河池日报》

①吴老年（1878—1963），泥水匠出身的彩调艺术家，罗城籍，成名于宜州，曾任广西文联副主席，到过中南海给国家领导人演出。

②言其为“戏妖”系褒义，因他工于旦角，多授人旦角戏。

韦志虹

韦志虹

1940年11月出生，宜州安马索敢村人。副研究员。先后任过中学教师、公社新闻干事、宜山县委办公室副主任、河池地委组织部青年干部科副科长、自治区党委办公厅干部处处长、自治区党委组织部组织处处长、自治区党委政策研究室副主任、自治区党委党史研究室主任。广西书法家协会会员。曾有诗词和书法作品入选《文学守望者》《诗词百家》《诗国》等，并荣获各种赛事的若干奖项。

登韶山谒毛泽东铜像感赋

兴邦治国赖毛公，武纬文经孰比雄。
一代天骄寰宇仰，人潮涌向韶山冲。

原载《新中国诗词三百家》

登鼓浪屿

东望台澎心浪涌，复台驱虏念郑公。
金瓯一缺必完整，两岸同宗属一中。

原载《2017 年全国诗书画家作品选》

咏牛

四季无闲日，勤耕不计年。
牵犁酬不问，劳作苦无言。
野草充饥腹，餐泔解渴咽。
予多索取少，只望无荒原。

原载 2011 年《第五届新视点全国诗词书画大赛获奖作品集》

师颂

舌耕见异不思迁，乐道安贫不羡仙。
学养勤耕知面广，师德至范薄云天。
忠诚党教作梯子，培养人才布宇间。
三尺讲台天地阔，英才辈出赖师贤。

原载《新中国诗词三百家》

偶感

日月盈亏交替生，炎凉世态古今存。
世情冷暖宽怀对，看破红尘品自珍。

原载 2010 年《第四届新视点全国诗词书画大赛获奖作品集》

晚岁学诗只自娱

白头乐补青丝趣，晚岁学诗只自娱。
墨不成金有何憾，平平淡淡得真知。

原载《诗国》2010 年第 2 期

登重建黄鹤楼有感

楚地俊才展志猷，名楼重建壮神州。
惠风和畅荡三镇，天地有情鹤回头。

原载《诗词百家》2011 年第 5 期

莫瑞扬

莫瑞扬

1935年12月生，宜州庆远镇莫村人。曾任宜州市地方志办公室主任。副编审。广西诗词学会理事，中国民间文艺家协会广西分会会员，宜州诗词学会副会长。论文《试谈壮族格律诗歌》阐明了壮族格律诗歌中的平仄规律。任副主编的《宜州市志》被评为广西地方志优秀成果一等奖。主编《宜州市土地志》《宜州市军事志》《宜州诗词选·民国卷》《歌海春潮》。编辑《宜山县歌谣集》。编著《宜州莫村百姓话研究》《袖珍情歌》。合作选编或译注《刘三姐歌谣·情歌卷》《刘三姐歌谣·古歌卷》《男男女女做唱——刘三姐歌乡百姓山歌选录》等。

题歌仙刘三姐故居

祝宜州市高中山谷诗社成立

题歌仙刘三姐故居

下枧河边三姐家，门前流水后山花。
青山想把歌拦住，绿水携歌到海涯。

祝宜州市高中山谷诗社成立

谁云诗到苏黄尽，宋柏唐松长嫩枝。
山谷倚楼吹笛处，莘莘学子咏诗词。

原载《宜州首届“黄庭坚杯”全国诗词创作大赛获奖作品集》

谭为宜

谭为宜

湖南茶陵籍，生长于宜州，河池学院教授。2014 年获教育部授予“全国优秀教师”称号。广西壮族自治区人民政府督学，曾任河池学院中文系主任、文传学院院长，现为广西高校人文社会科学重点研究基地——广西人口较少民族发展研究中心常务副主任，河池市文艺评论家协会主席，广西作家协会、广西桂学研究会会员，广西写作学会常务理事，广西文艺评论家协会理事，中国现代文学研究会会员，中国文艺评论家协会会员。在北京大学做访问学者时，获北京大学授予“创新成果奖”。主要从事中国现当代文学教学与研究，有专著 3 部，担任主编、副主编的著作各 4 部，参编教材 6 部，公开发表学术论文 60 多篇，专著《戏剧的救赎——1920 年代国剧运动》被专家认为“是当前中国现代戏剧史研究中的一个重要收获”。业余爱好文学，有小说、散文、诗歌、戏剧作品获奖，出版了个人文学作品集《紫云英花开了》。

河池师专校庆抒怀

——河池师专建校二十周年赋诗一首以志庆贺

河之干兮桃李秾，
池鱼思渊鹰击空。
师承先贤犹勉力，
专攻术业竞用功。
建勋何须效去病，
校史尚期追放翁。
廿载庠中多才俊，
年年慰我情愈浓。

迎河池学院挂牌庆典

河池学院于二〇〇四年十一月二十四日举行升格挂牌庆典，为纪盛事，遂赋藏头诗一首。

欢跃龙水赴沧溟，
庆捷飞雪诣灵霄。

学在宜阳春色艳，
院居会仙山麓娆。
挂帆轻驶东风满，
牌文盛赞西席骄。
大纛扬处花千树，
典藏青史尽英豪。

贺河池学院“龙水诗词楹联学会”成立

欣闻河池学院“龙水诗词楹联学会”成立，赋得藏头诗一首贺之，亦就教于方家。

龙翔九天云作伴，
水载千舟风送芳。
诗苑尊唐谱新韵，
词坛推宋续旧章。
楹镌佳句华堂熠，
联出妙手翰墨香。
学子潜心修国故，
会当鼎力扬帆航。

悼启良先生

于北大访学，惊悉启良先生病逝，实哀哉痛也。然先生生前达观磊落，素不以疾苦为念，遥想定如庄生之视生死也。遂赋藏头诗一首，以纪先生之精神，言辞亦不落悲怆。

沉吟英华颂母亲①，
痛哉国史赞校尊②。
悼师莫如花烂漫，
念友常愿笔底新。
启迪后学心荡荡，
良哺桃李言谆谆。
先登奈何候巴老③，
生涯尽处亦芳馨。

①指先生著作《现代名人母亲》。

②先生曾有愿写就《大学校长列传》，并已发表多篇校长传记，奈何天不假时年矣。

②与巴金老人同一天逝世而早几个小时，是预约，抑或碰巧？

徐霞客赋

皇皇①中华，地腴物丰。济济才彦，菊雅兰馨。峰峦耸翠，薄重霄而沐月。川泽流霞，润万畴而牵虹。嵬山带江②，方引壮游之士；魅林严壑，更期恒志之男。徐公弘祖，雅号霞客。少即大志，素标劭德③。大丈夫者，八方穷究。遂而立襆被④，陟⑤彼遐途。“朝游碧海，暮宿苍梧”。先自吴越，之赣闽楚。天台云霁，雁荡笋怒⑥。太华余晷登峰⑦，嵩岳飞泉缠步。黄山拥雪，匡庐溺雾。数坠盗谷，几遇於菟⑧。日光烨烨，只影踽踽。

美哉徐公，青睐粤北⑨。二月十三，岁在戊寅。箪食瓢饮，罗木古渡。直诣庆远，流连返顾。凡四十四日⑩，沉潜于丹霞圣地，考识

---

①指美盛。《诗经·鲁颂·泮水》：“烝烝皇皇。”

②指巍峨的高山和玉带般的江河。嵬：高，通“巍”。

③向来表现出高尚美好的品德。劭：美。

④襆被：用包袱裹束衣被，意为整理行装。《晋书·魏舒传》：“入为尚书郎。时欲沙汰郎官，非其才者罢之。舒曰：‘吾即其人也。’襆被而出。”

⑤陟（zhì）：登高，上升。《尚书·商书·太甲下》：“若升高，必自下；若陟遐，必自迩。”

⑥《徐霞客游记》卷一上，谓雁荡山峰危立，“如骈芝，如怒笋”。

⑦登太华山时已近黄昏，在光线微弱时登上山顶。

⑧於菟（wū tú）：古代楚人称虎为於菟。

⑨粤北：文中指今桂西北一带。

⑩明代庆远府辖河池、宜山（今宜州）、思恩（今环江）、天河（今属罗城）、荔波、东兰、南丹、忻城等州县，府治在宜山。徐霞客于明崇祯戊寅年（1638）二月十三日（上海古籍出版社1982年版《徐霞客游记》为二十五日）来到红水河罗木渡，至三月二十七日前往贵州下司境，考察和游历庆远府属地共44日。在宜山境内一个月整，旅游考察的记述计41页2万多字，可见其对宜山佳景的钟爱。

于险峰危壁。欣赏宜州三胜：一曰会仙，幽风兰气袭人；二曰龙隐，鳞脊蜿蜒欲跃；三曰九龙，洞匿深潭鱼巨。更三门穴奇，“内外两绝”；多灵盘错，水瀑花馥；西竺宏壮，“粤西仅见”；袁家山谲，曲径通幽。适及金城，有兜胄戈矛曩迹[①]；片云擎空，哂歧角犀牛俚语[②]。丹州东眺，叹匹练瀑雪山云；穿山环翠，虽磨牙吮血堪慰；澈泉亹亹，涟邀玉皇真武[③]；溪声唧唧，僧惧水冷云凄[④]。徐公之笔，胜马良雄奇；徐公之意，在山水神韵。

壮哉徐公，更上滇黔。游圣终迹，丽江乃止。黄果巨瀑，“捣珠崩玉”。太子桥侧，追思文帝。屐徙三千，溯江探源。纠“岷山导江”之谬，订金沙上源之实[⑤]。勘洞穴近三百，诠钟乳之成因。喀斯特地，四省一图[⑥]。玉龙雪送孤客，腾冲火暖归途[⑦]。餐风露察乡俗而近原民，秉萤烛录真情终遗大书[⑧]。

---

①金城江一山壁上暗迹斑斑，状如兜胄戈矛，传说为古代战士长期悬挂兜胄戈矛所致。曩：过去，昔日。

②一峰突兀如云凌空，因其状如牛，当地乡民谓之犀牛峰，徐霞客说这是当地乡民不知犀牛为独角动物而误读。哂：微笑，微笑着说。《论语·先进》：“夫子何哂由也？”

③此句描写山林深处建有玉皇阁、真武殿，其下泉水汩汩流淌的景色。亹亹：流水源源不断。

④徐霞客发现一庙宇残破，未见僧侣，猜想是此处过于凄冷的缘故。

⑤徐霞客通过自己的实地勘察，纠正了古人“岷山导江”的错误，认为金沙江才是长江上源。

⑥徐霞客在湘桂黔滇四地系统地考察了喀斯特地貌，勘察洞穴近300个，作了详细探索和记述，诠释了钟乳石的成因。这在地理学上居于当时世界先进水平。

⑦徐霞客不仅翻越了玉龙雪山，还调查了腾冲打鹰山的火山遗迹，科学地记录与解释了火山喷发出来的红色浮石的质地及成因，对地热现象的详细描述在中国也是最早的。

⑧徐霞客深入民间，虚心地向当地百姓求教，游记中对所到之处的人文地理情况，包括各地的经济、交通、城镇聚落、少数民族和风土文物等，也作了不少精彩的记述。白天艰苦跋涉，晚上秉笔著述，终于撰成60万字的《徐霞客游记》。该书既是系统考察地貌地质的地理名著，又是风景与人文资源结合的旅游巨篇，更是文字优美的文学佳作，在国内外产生了巨大的影响，被后人誉为“世间真文字、大文字、奇文字”。徐霞客也因之被尊为“游圣”。

祀绵炎黄，永颂徐公。公之精神，全民仰崇。亦登五岳，亦览无穷。放歌四海，持樽御风。临华夏之沧溟[①]，究天地之鸿蒙[②]。总理有训，当效徐公品上善若水之大义[③]；吾侪立志，即行无疆著物我无间之华章。

敬撰于辛卯，四月十五

（2011 年 3 月 30 日，国务院常务会议通过决议，自 2011 年起，每年的 5 月 19 日为“中国旅游日”。河池市遂于 2011 年 5 月 19 日举办了“纪念徐霞客探游河池 373 周年活动暨‘徐霞客杯’旅游摄影大赛启动仪式”，受活动主办方之邀作此赋并在仪式上朗诵。）

原载谭为宜作品集《紫云英花开了》

---

①沧溟：大海，泛指江河湖海。

②古人认为天地开辟前是一团混沌的元气，这种自然的元气叫鸿蒙。《庄子·在宥》：“云将东游，过扶摇之枝，而适遭鸿蒙。”成玄英疏：“鸿蒙，元气也。”文中喻指宇宙的奥秘。

③2007年8月24日，温家宝总理为徐霞客诞辰420周年纪念活动写的文章《纪念徐霞客》中谓：“他本能地意识到人类生活中水的要义，人与人之间鱼水和谐的要义，人的品性之上善若水的要义。《徐霞客游记》把三者圆融一体，潜移默化，沁人读者的心灵。”

黄月霜

黄月霜

1964年生，宜州庆远镇人。中国民间文艺家协会会员、中华诗词学会会员、广西诗词学会会员。广西歌王。宜州诗词学会副会长。合著有《情醉歌乡》《三友歌集》。另著有《月上霜诗词》。

重阳寄远

清平乐·中秋

清平乐·网上对歌

第二十五个教师节有赠

赴柳州师专演唱讲学有作

冬聚草堂

踏莎行·赠友人

和云浪《菩萨蛮·变色湖边》

和云浪《贺新郎·送别》

步龙山居士《临江仙·网山春游》原韵

和野人《咏荷》

和云浪《寄清风游子》

重阳寄远

佳节又重阳，台前正理妆。
唯牵丝一缕，不许泪双行。
湖海扬帆远，家山寄意长。
轻将离别句，收拾入诗囊。

清平乐·中秋

相邀欢庆，月饼雕花影。五彩灯光杯上映，休管谁痴谁醒。 今宵真个逢缘，环肥燕瘦婵娟。唱得情深义重，嫦娥羞躲云间。

清平乐·网上对歌

如真如幻，网络多惊羡。又摆擂台龙江畔，抖擞精神应战。 田头地尾人喧，英雄当出少年。歌海沉浮谁主？还须磨剑扬鞭。

第二十五个教师节有赠

育成桃李满天下，处世谦恭不自夸。
一杆教鞭挥汗水，数支粉笔写生涯。
驱车陌上披晨露，泼墨窗前对月华。
赚个满头霜雪染，笑颜依旧灿如霞。

赴柳州师专演唱讲学有作

心花荡漾眼波开，雅韵悠悠随口来。
出谷流莺吞岸柳，呼声若浪动情怀。
相思湖水摇霞影，互挽春风上讲台。
此日还凭三姐力，葱茏歌树满园栽。

冬聚草堂

久别诸君我又邀，不嫌劳顿路迢遥。
几杯浊酒倾浓意，一盏青灯伴素肴。
展卷墨香三界外，豪吟声震九重霄。
今宵兴致莫须睡，诗海遨游喜弄潮。

踏莎行·赠友人

黄卷精研，青灯细护，山中欲觅菩提树。经书万卷可修身，檀香一炷随烟雾。　早击金钟，夜敲磬鼓，古今成佛修行苦。骚朋邀约乐悠悠，问君舍得仙乡否？

和云浪《菩萨蛮·变色湖边》[①]

一

悠悠湖水岚烟袅，花前树下堪称妙。俏影沐春阳，给侬添靓妆。水中观鹭舞，耳畔轻轻语。顾盼有情人，流连不忍分。

二

平湖倒影相思树，娇娆引得诗魂驻。绿叶衬桃腮，相推携石苔。从窜君顾盼，纤手髻轻绾。何处最沉迷，天然游泳池。

三

幽幽小径斜芳草，相机掠得双飞鸟。花里并香肩，行人笑语喧。放歌声婉转，思绪梳还乱。相与诉衷情，参春遥抚琴。

---

①云浪《菩萨蛮·变色湖边》见本书蓝必轩诗词选部分。

和云浪《贺新郎・送别》[①]

别语真难说。对枫林、诗歌酬唱，余音难绝。古往今来伤心事，最是人间离别。执玉手，歌悲声咽。如寻秋风吹淡月，试问君，知否重逢节？前路渺，怎么消歇。 千山万水难跨越。只凭栏，愁无墙内，映灯如雪。玉笛只吹红豆曲。欲解相思情结。休怅惘，心声堪接。莫道人生如梦幻，觅知音，求两心仪相悦。遥望处，更情切！

步龙山居士《临江仙・网山春游》原韵[②]

百鸟鸣山芳草近，风牵袅袅炊烟。莺姑含笑舞翩跹。山花衬倩影，笑脸媚清泉。 淘米拾柴寻野趣，诗人欲效诗仙。吟来朗朗尽新篇。酒酣歌亦醉，唱到月儿圆。

---

①云浪《贺新郎・送别》见本书蓝必轩诗词选部分。

②龙山居士《临江仙・网山春游》见本书韦文波诗词选部分。

和野人《咏荷》①

绿叶殷殷珠露浓，天将彩霞映芙蓉。
心牵浩渺一池水，蕊送幽香万里风。
圣洁当归朱笔下，仙姿欲上白云中。
何愁秋至容颜老，沐尽骄阳花更红。

和云浪《寄清风游子》②

围炉笑脸映桃花，从友堂前慢品茶。
闻讯弟踪遥万里，思心一瓣系天涯。

原载《广西民歌手诗词新唱》

①野人《咏荷》见本书黄羡飞诗词选部分。

②云浪《寄清风游子》见本书蓝必轩诗词选部分。

蓝必轩

蓝必轩

笔名云浪。1953年生，宜州北山镇人。中学教师，中华诗词学会、广西诗词学会会员，宜州诗词学会副会长。著有《云浪诗集》。

菩萨蛮·变色湖边

贺新郎·送别

步龙山居士《鹧鸪天·春游》原韵

偶成

寄清风游子

和月霜《冬聚草堂》

和月霜《第二十五个教师节有赠》

和甘草《拉赛聚会感怀》

菩萨蛮·变色湖边

一

鬓沾绿草春风送，手撩湖面蓝天动。腰际绣包垂，浅蓝短衬衣。矶头临水照，水映花枝俏。“哥你莫偷瞧，小心翻下桥。”

二

鲤鱼岩口双鱼跳，含羞妹子窥哥笑。赤脚戏清流，轻声似水柔。“不梳还更乱，理我青长辫。莫要站成痴，帮侬洗发丝。”

三

野花两朵斜云鬓，春风相识今生幸。邀妹唱山歌，不知情几何？久分不得见，变色湖多变。春韵胜瑶琴，可将弹素心？

贺新郎·送别

无语长亭说。更哪堪，山歌欲唱，怅然声咽。转似春回卿微笑，恨上眉梢还歇。珍惜这，人间情结。慢拾书囊柔声道：骗了君，相送心何切？不挥手，悄然别。驱车似马真难越。又回首，晓烟如幕，欲将撕裂！不见伊人清江处，乍个满头皆雪？忆相遇，同心共月。莫道人生无知己，弄瑶琴，艺海长相悦。听杜宇，犹啼血。

步龙山居士《鹧鸪天·春游》原韵[①]

慢饱奚囊曲径中，山花带露郁葱葱。拾柴林染香眉翠。烧饭火炊娇脸红。　倾浊酒，对斜风，邀君野趣醉春容，鲤鱼岩口纷纷跃，欲载山歌上九重。

偶成

独把诗词作稻粱，朝昏酝酿溢芬芳。
句求新意敲三鼓，书是佳人睡半床。
雅内柔肠存傲骨，闲中旧地种新桑。
且将寂寞抛窗外，吟咏邀君赏夕阳。

寄清风游子

围炉集句剪诗花，幸与贤君共品茶。
昨夜金兰方入梦，今朝忽报在天涯。

---

①龙山居士《鹧鸪天·春游》见本书韦文波诗词选部分。

和月霜《冬聚草堂》[1]

摘梅想竹又相邀，在望田庄一水遥。
踏雪何须驵骏马，赏花即是品佳肴。
吟鞭撩醒东山日，村趣哄开南海霄。
最爱主人多雅意，诗心不老涌新潮。

和月霜《第二十五个教师节有赠》[2]

肩挑风雨急还家，亦教亦农难自夸。
桑地匆匆追落日，课堂默默度生涯。
执鞭有意惊儒圣，逝水无声染鬓华。
佳节诗章来问候，经风老脸灿如霞。

①月霜《冬聚草堂》见本书黄月霜诗词选部分。
②月霜《第二十五个教师节有赠》见本书黄月霜诗词选部分。

和甘草《拉赛聚会感怀》[①]

携个春光贵寨来，红娇绿村傍门开。
相逢一叙千年梦，共畅三杯万里怀。
借得歌王争霸气，遨游诗海展雄才。
花间醉卧君休笑，好待香风吻杏腮。

原载《广西民歌手诗词新唱》

①甘草《拉赛聚会感怀》见本书谭海坤诗词选部分。

黄羡飞

黄羡飞

笔名野人。宜州北山镇人。中华诗词学会、广西诗词学会、宜州诗词学会会员。

咏荷

观龙舟赛

彭田聚会

和月霜《冬聚草堂》

步云浪《偶成》原韵

咏荷

入夏陂塘景次浓，飞珠叠翠水芙蓉。
亭亭玉立含朝露，冉冉蕾开临晓风。
爽气徐徐绿盖下，清香串串碧波中。
闲牛畏日奔来恋，不向名花别样红。

观龙舟赛

装点轻舟俏俊龙，待声令下箭离弓。
一江水溅花飞白，两岸人欢笑脸红。
鼓点春雷齐按拍，桨翻蝶翅快乘风。
齐家治国平天下，万事皆如赛事同。

彭田聚会

风和日丽草回青，柳眼花眉展娉婷。
万紫千红炫秀气，十浓九淡斗香馨。
粗枝大叶枇杷树，重果垂头碧玉铃。
感慨皇春非所属，与梅相对照心灵。

和月霜《冬聚草堂》[1]

歌王高兴又相邀，访戴月明不怕遥。
只是痴迷于重义，并非醉饱为佳肴。
畅谈尽数倾六腑，爆笑哄堂干九重。
底事今宵更漏短，朝霞窗外涌翻潮。

步云浪《偶成》原韵[2]

满眼风光在稻粱，有粳有糯总芳香。
黄如金子锦毡地，红似火苗罗帐床。
原滚绿涛因种蔗，水堆碧玉为栽桑。
诗才老道若秋色，妙笔生花戏夕阳。

原载《广西民歌手诗词新唱》

①月霜《冬聚草堂》见本书黄月霜诗词选部分。
②云浪《偶成》见本书蓝必轩诗词选部分。

韦文波

韦文波

笔名龙山居士。1950年生于广西宜山县同德乡龙顿村。中华诗词学会、广西诗词学会、宜州诗词学会会员。

临江仙·网山春游

鹧鸪天·春游

和云浪《贺新郎·送别》

临江仙·网山春游

昨夜东风行万里，山峦笼绕轻烟。花丛蝴蝶舞翩跹。流莺鸣翠柳，游鲤戏清泉。　歌友诗朋欣聚会，春游乐似神仙。操琴伴唱赋新篇。别君三嘱咐，来岁再团圆。

鹧鸪天·春游

杜宇催春暖雨中，山河满眼绿葱葱。村村桑叶连天碧，处处桃花映日红。　莺织柳，燕追风，郊游诗友尽欢容。芳菲烂漫江南地，人在翠帘千万重。

和云浪《贺新郎·送别》[①]

万语从何说。久分离，南疆北域，思念难绝。尘理纷纷难念汝，最怕伊人长别。惜往昔，甘苦同咽。携手并肩同赏月。缠绵期，度日如佳节。登胜境，何须歇。　青春浪漫又从越。卿远兮，云山渺渺，心冷如雪。远处飘来凤求曲，更引愁肠百结。线飞断，何以重接？虽见江南花烂漫，少知音，心灰难重越。怀雁侣，盼心切。

原载《广西民歌手诗词新唱》

①云浪《贺新郎·送别》见本书蓝必轩诗词选部分。

郭太清

郭太清

1943 年生，宜州北山镇悟道村委大八仙屯人。中华诗词学会会员、广西诗词学会会员、宜州诗词学会会员。著有《红尘拾梦》《龙江花月》《群芳集》。

咏白花树

除夕感赋

小龙游

和野人《咏荷》

和云浪《贺新郎·送别》

和月霜《踏莎行·赠友人》

步龙山居士《鹧鸪天·春游》原韵

步龙山居士《临江仙·网山春游》原韵

咏白花树

淡白微香裹素身，霜欺不改旧精神。
春风无限归桃李，一抹秋光也自珍。

除夕感赋

爆竹烟花相映红，今宵又是一年终。
追寻旧梦愁千缕，俯仰前程雾几重。
功为修成偏耐坐，剑因练久敢屠龙。
鸡声催晓南山下，老了书生红了枫。

小龙游

清江寻趣又重游，枝上蝉声已唤秋。
烟漫枫林遮故晚，风摇竹影荡轻舟。
亭中歌舞开新调，树下相思惹旧愁。
野岸归来天色暮，芦花飞满少年头。

和野人《咏荷》[①]

乍出寻芳野兴浓，清涟细浪拥芙蓉。
亭亭玉立邀情趣，绰绰英姿领帝风。
不幸抱香尘世里，哪堪常困浅池中。
横渡直仗冲天剑，刺落残阳映水红。

和云浪《贺新郎·送别》[②]

怅惘与谁说。更长宵，烟寒碜露冷，阳台音绝。最是闲愁挥不去，曾忆依依离别。归雁远，星光如雪。独自凭栏清影瘦，恨西风，掠去芳菲节。情未了，心难歇。　三千弱水难跨越。看朋辈，功名炙手，顾盼雄杰。叹我锋芒抑未露，莫道沉沙戟折。拔剑舞，群虫声咽。虎虎寒光吞冷月，怎凭般，斩断胸中结。伤回首，心滴血。

①野人《咏荷》见本书黄羡飞诗词选部分。

②云浪《贺新郎·送别》见本书蓝必轩诗词选部分。

和月霜《踏莎行·赠友人》①

白水茫茫，恒河自渡，何须苦觅菩提树。黄庭钟鼓伴青灯，般若扫尽红尘雾。　三寸痴心，一方净土，世人都道修行苦。春江花月尽多情，先生悟得空空否？

步龙山居士《鹧鸪天·春游》原韵②

杏眼飞来神采中，寒鸦追梦吻青葱。明将惆怅心去，暗里相思脸自红。　天不语，任东风，黄昏冷雨葬春容，多情何故痴狂甚，赢得悲声几万重。

步龙山居士《临江仙·网山春游》原韵③

结伴春游乘野兴，峤山搂翠笼烟。三妹偷去舞翩跹。歌王炊野火，仙子掬清泉。　但得佳人携手笑，高歌不羡神仙。王师洞主索新篇。看吾跨骏马，香艳上吟鞭。

原载《广西民歌手诗词新唱》

①月霜《踏莎行·赠友人》见本书黄月霜诗词选部分。

②龙山居士《鹧鸪天·春游》见本书韦文波诗词选部分。

③龙山居士《临江仙·网山春游》见本书韦文波诗词选部分。

黄月香

黄月香

1960年生，宜州庆远镇洛岩人。广西歌王，广西诗词学会会员，广西刘三姐文化传承人，宜州诗词学会常务理事。合著有《情醉歌乡》《三友歌集》。

一剪梅

和月霜《赴柳州师专演唱讲学有作》

和云浪《寄清风游子》

步龙山居士《鹧鸪天·春游》原韵

步龙山居士《临江仙·网山春游》原韵

一剪梅

栽树西山盼凤凰。桃也闻香，李也闻香。桂园翠绿菊花黄。只有开荒，哪有丢荒。　共建和谐美壮乡。不管文郎，不管武郎。同心携手气昂昂。唱响歌场，永不清场。

和月霜《赴柳州师专演唱讲学有作》①

百年难遇此天开，三姐阿牛高校来。
歌海扬帆掀巨浪，春风拂面暖情怀。
传承民族新文化，站稳人生大舞台。
百鸟争鸣山更美，红花朵朵满园栽。

和云浪《寄清风游子》②

得逢贤弟乐开花，有幸围炉共品茶。
故事连篇方捧腹，谁知一夜隔天涯。

①月霜《赴柳州师专演唱讲学有作》见本书黄月霜诗词选部分。

②云浪《寄清风游子》见本书蓝必轩诗词选部分。

步龙山居士《鹧鸪天·春游》原韵[①]

结伴野炊三月中，土鸡土酒配香葱。歌声飘荡心头醉，火焰纷飞脸颊红。　钻古洞，借仙风，郊游湖畔赏新容。春光明媚莫辜负，美景如花几万丛。

步龙山居士《临江仙·网山春游》原韵[②]

春日融融芳草绿，澄湖漫吐轻烟。萋萋岸柳舞翩跹。野锅煨土酒，石洞汲清泉。　携手同游心欲醉，尽情观赏神仙。网山游记刻新篇。诗雄欣聚会，正似月儿圆。

原载《广西民歌手诗词新唱》

①龙山居士《鹧鸪天·春游》见本书韦文波诗词选部分。

②龙山居士《临江仙·网山春游》见本书韦文波诗词选部分。

谭海坤

谭海坤

笔名甘草。1957年生，宜州北山镇人。自由职业者。中华诗词学会、广西诗词学会会员。

步龙山居士《临江仙·网山春游》原韵

拉赛聚会感怀

步龙山居士《临江仙·网山春游》原韵①

明媚春光欢会友，慢看车尾轻烟。网山欢聚乐翩跹。滩头风弄柳，鱼尾戏清泉。 常把相思随处放，风流胜过神仙。江边饮酒涌新篇。光阴容易过，期友再团圆。

拉赛聚会感怀

久有诚心邀客来，手长袖短口难开。
桃园锁定关张义，爱海情牵梁祝怀。
几事相思遥寄梦，半杯浊酒惹诗才。
今朝邀得诸君到，全把欢欣挂上腮。

原载《广西民歌手诗词新唱》

①龙山居士《临江仙·网山春游》见本书韦文波诗词选部分。

黎艳萍

黎艳萍

笔名花解语，广西宜州人。现任河池市诗词学会副秘书长、宜州区诗词学会会长、《河池诗词》副主编、《山谷诗苑》主编。广西民间文艺家协会、广西诗词学会、广西女摄影家协会、广西艺术摄影家协会会员。喜欢旅行、拍照，喜欢在行走中感悟人生的美好。偶有小说、散文、诗词、民俗纪实作品散发于《广西日报》《河池日报》《诗词》《广西文艺界》《三月三》《河池学院报》《八桂诗词》《西乡塘诗刊》《柳州诗词》《布衣诗词》《河池诗词》《宜州文学》《今日宜州》等报刊。

再访板纳遇长流寺住持释宏妙法师

浪淘沙·蚕乡新唱

再访板纳遇长流寺住持释宏妙法师[①]

日挂林梢悬半空，寺门开处映残红。
屏山妆点秋容淡，天作王维写画工。
昼里东田耕稻粟，晚余西陇醉竹松。
谁言俗世妨修道，一念周沙万事通。

原载《柳州诗词》2017 总第 88 期

浪淘沙·蚕乡新唱

蚕女入桑园，蝶舞翩翩，山歌信口醉群仙。巧手捋来罗绮梦，锦绣新篇。

富贵茧丝连，缎彩绵绵，吟诗作赋尽开颜。政善人和国策好，富路无边。

原载《首届“黄庭坚杯”全国诗词大赛获奖作品集》

①重游板纳古村，访长流寺，并有幸与长流寺住持释宏妙法师共享素餐，随喜随叹，相交甚欢，因得句，以记之。

叙事长诗

龙京才

龙京才

壮族，中共党员。中国作家协会、广西作家协会、广西民间文艺家协会、广西写作学会会员，壮族作家创作促进会理事。2007 年 4 月当选广西文联第八届委员会委员。1974 年开始发表文学作品。先后发表各类体裁的文章 100 余篇（首）。出版长篇小说《深渊》《边月情话》《女梯》《非女》4 部。编撰《伏枥集》（上、下卷）、《秦家泰——医途漫漫》等。有 6 部专著被中国少数民族作家馆收藏。长篇小说《边月情话》获第二届壮族文学创作奖。叙事长诗《蛇郎》获第三届壮族文学创作“花山奖”、自治区人民政府颁发的第一届广西文艺创作铜鼓奖。由《蛇郎》改编的壮剧《金花银花》获第一届全国少数民族题材剧本创作金奖。

蛇郎

蛇郎

——根据壮族民间故事写成

一　牡丹树上两枝花

高山流水响哗哗，
满山松柏满山杉；
一条溪水绕竹楼，
青山绿水有人家。

桃李结果披彩霞，
荔枝结果牵灯挂；
杨梅结果羞红脸，
豆角成荚挂篱笆。

老汉那年六十八，
年老病多掌犁耙；
可怜老人妻早丧，
又当老子又当妈。

又当老子又当妈，
既种玉米又种麻；
老汉家中有二女，
父亲种田女纺纱。

牡丹树上两枝花，
好比一个模子压；
一样苗条一样俏，
一样梳辫一样扎。

一坛难装两样酒，
一藤难结两样瓜；
大姐俏俏心里丑，
小妹靓靓心如花，

两女生得不相差，
好比两朵红山茶；
孪生姐妹难分辨，
难分是她不是她！

青丝长长是头发，
雪雪白白是银牙；
眼睛好比水葡萄，
眉毛好比水墨画。

两条手臂两节藕，
一个鼻子银子打；
小嘴好似樱桃果，
脸蛋好比胭脂搽。

姐妹聪明又伶俐，
绣只鹦鹉会讲话；
绣朵玉兰蜂来采，
绣只鸡崽老鹰抓。

唱歌赛过画眉鸟，
讲话赛过弹琵琶；
见人脸带三分笑，
哪个见了哪个夸！

树上喜鹊叫喳喳，
男大当婚女当嫁；
姐妹长大当嫁了，
想死几多后生家。

天上白云海中纱，
媒婆上门多如麻；
铁木门槛走成槽，
石板铺路走光滑。

蝴蝶千里寻香草，
翠鸟万里找龙虾；
锦鸡来找凤凰鸟，
山歌唱得天都塌——

出门看见并蒂花，
几多后生想死她；
哥想连根捧回种，
花盆无耳哥难拿！

鲤鱼来找滩头水，
蜜蜂来找金银花；
千花万花哥不想，
只想这对芙蓉花。

哪个叫姐享富贵，
哪个叫姐享荣华；
哪个起得金銮殿，
姐我答应嫁给他。

哪个帮爸把树栽，
哪个帮爸把山挖；
哪个医好爸的病，
妹我愿意嫁给他。

罢了罢，
粳米难做糯米粑；
苦仔难起金銮殿，
神医难医她的爸。

不望了，
空手回家修犁耙；
修犁修耙好耕种，
不想天上两枝花！

二　墙裂又遇连夜风

屋漏偏遭连夜雨，
墙裂又遇连夜风；
老汉上山去砍树，
锯板做门好挡风。

老汉举斧砍杉松，
六十还做后生工；
铁松如铁难下斧，
虎口开裂血染红。

姐妹眼看心里痛，
撕裙包伤问长空；
妹娘为何生两女，
若生一仔父轻松。

父劝乖女莫悲伤，
苦中作乐选相公；
选得女婿当好仔；
老了靠他帮送终。

姐讲嫁给富人好，
穿金戴银蛮威风；
哪个有钱嫁哪个，
哪个有钱是老公。

妹讲南蛇不比龙，
麻雀会飞不比凤；
嫁个穷汉妹也愿，
能待老父白发翁！

妹声传到水帘洞，
妹声传到水晶宫；
龙王有个三公子，
听妹一语喜心中。

听妹一语喜心中，
龙子发力显神通；
要救老汉出苦海，
要叫枯塘长莲蓬！

平地卷来一股风，
风生水起响隆隆；
龙化青蛇出水面，
飞到山里大树丛。

蛇尾绞绞扳树倒，
出水青蛇显神功；
树倒不见青蛇面，
青蛇消失已无踪。

眼看青蛇来无影，
眼看青蛇去无踪；
父女三人互相望，
又惊又喜在心中。

夜晚收工回山弄，
细雨毛毛雾蒙蒙；
谁知又遇山中虎，
拦路老虎气势汹。

山中跑出吃人虫，
张牙舞爪向老翁；
魂飞魄散人倒地，
老虎磨牙敲丧钟。

姐妹双双吓懵懂，
大声呼救山摇动；
哪个救得老父亲，
万般要求都依从。

青蛇闻讯露真容，
患难之中显英雄；
青蛇骁勇和虎斗，
虎落悬崖虎骨融。

父问青蛇有何求，
随便你选哪一宗；
妹讲送床芙蓉被，
姐讲送只老鸡公。

泪水涌，
青蛇听了泪水涌；
两样东西都不想，
只想金鸡配芙蓉。

树尾动动才有凤，
水面动动才有龙；
都为你们先开口，
我才出手救老翁。

吓得大姐回房哭，
吓得小妹脸羞红；
父见青蛇都不动，
吩咐青蛇住楼东。

花开原想招蜜蜂，
好女原想配真龙；
老汉暗中长叹气，
叹气女美惹长虫。

三　青蛇与妹结夫妻

青蛇住在东楼里，
早早起床把柴劈；
挑水满缸又淋菜，
老汉有病找药医。

屋漏因为有鼠洞，
墙歪因为坏根基；
青蛇捡漏添砖瓦，
上上下下他出力。

大姐门缝看得密，
见蛇满身菠萝皮；
样子丑丑想要姐，
瘸脚蚂蜴想金鸡。

大姐窗口看得细，
一脸黑黑像锅底；
样子丑丑也想姐，
好比八戒想西施。

小妹照镜眼对眼，
镜中见郎穿破衣；
麻皮荔枝也蛮好，
好好瞅瞅妹中意。

小妹洗裙眉对眉，
水中见郎汗淋漓；
想拿手巾帮郎擦，
怕姐借狗来骂鸡。

青蛇有心唱妹知，
哥在浅水住得低；
朝朝暮暮风浪起，
妹你嫁哥受孤凄。

哥莫心焦哥莫急，
北风也有回南日；
等到时来运气转，
困龙也有上天时。

青蛇听了笑眯眯，
妹有真情有真意；
不怕哥穷哥又苦，
不问贫富与高低。

青蛇有意显高低，
姐妹面前创奇迹；
三天医得老父好；
七天新楼高高立。

青蛇转眼要分离，
只现蛇身慢慢移；
默默无语辞老父，
分明是想把婚提。

老汉把女来招集，
嫁蛇嫁龙谁愿意？
问姐问妹谁开口，
愿与青蛇结夫妻。

大姐一听就哭泣，
哭着讲她愿嫁鸡，
哭着她讲愿嫁狗，
哭着讲她愿嫁狸。

要嫁青蛇万不能，
除非日头西边起，
除非冷饭发了芽，
除非茅竹变金梯。

竹笼蒸糕郎有气，
分明狗眼看人低；
当初姐讲什么话，
转背黑脸把人欺。

哄郎的，
纸上画马哄郎骑；
三脚板凳哄郎坐，
哄郎上树姐抽梯。

妹在一旁心难忍，
妹愿与郎结齐眉；
蜘蛛结网三江口，
水推不断是真丝（思）！

只有云动天不动，
只有船移岸不移；
云动船移人走了，
妹愿留下做郎妻！

好鞋不踩臭狗屎，
劝妹莫要做蛇妻；
灯笼不亮姐提妹，
这步走错妹输棋。

姐别提，
屋檐滴水水穿石；
苦瓜苦苦连皮煮，
甘蔗甜甜妹丢皮。

姐偏提，
一笔难画两个一；
世上亲亲还是姐，
妹不听话就分离。

为嫁青蛇不怕离，
生同凳坐死同泥；
变蛇和他同个洞，
变鸟我俩共一枝！

世间一切是天意，
妹嫁青蛇心不移；
马到悬崖收缰晚，
船到江心补漏迟。

妹与青蛇结夫妻，
日头出来笑眯眯；
日头出来眯眯笑，
天作之合连理枝。

四　爱河一条万年清

妹伤心，
妹喊大姐姐不应；
妹嫁青蛇要过门，
楼上大姐冷冰冰。

妹伤心，
从此别了老父亲；
菩萨失手落下水，
望姐往后多捞神（劳神）。

大雁飞过雁留声，
妹撒红米做脚印；
一声二声交代姐，
可跟红米把妹寻。

再嘱老父多珍重，
老父平安女宽心；
说到父亲眼泪涌，
难忘父亲养儿身。

女大嫁人要远行，
父亲送到门口停；
父亲送到门口站，
老父送女泪淋淋。

泪淋淋，
远远回头有泪痕；
郎拿手巾帮妹擦，
一路对妹好殷勤。

郎见妹渴无茶饮，
下河捧水到嘴唇；
郎见小妹走得累，
变匹白马驮妹行。

来到大江蛇变桥，
哪怕江河万丈深；
大水茫茫妹有路，
郎架天梯给妹行。

双双走到金竹林，
金竹表郎对妹情；
金竹千年不变节，
蛇郎爱妹不变心。

双双走到杉木坪，
杉木直直一条心；
有心栽花花就发，
有心种树树成荫。

双双走到梅花坪，
梅花情浓意也真；
梅花不怕霜雪打，
石山不怕雨来淋。

双双走到榕树坪，
榕树撑伞好遮阴；
我俩莫学梧桐树，
秋冬一到就凋零。

双双走到分水岭，
分水滩头水弹琴；
东边日头西边雨，
问妹有晴（情）不有晴（情）？

双双走到凤凰岭，
凤凰岭顶凤凰啼；
东岭日头西岭雨，
千祈（千万）莫学半边晴（情）！

双双走到西瓜村，
买个西瓜尝尝新；
人吃西瓜都丢籽，
我们丢籽不丢心。

双双走到菠萝屯，
菠萝结果披鱼鳞；
我们都学菠萝果，
外头麻麻甜在心。

双双走到双孖井，
双孖井水无灰尘；
我们不吃灰井水，
爱河一条万年清！

双双走到流沙井，
清清流水洗手巾；
洗得又白又干净，
我们拿来定交情。

双双走到牡丹亭，
牡丹姑娘卖花针；
妹是花针郎是线，
线在后面总跟针。

双双走到桂花亭，
桂花落地一片金；
郎是金嘴早开口，
早早想妹到如今。

双双走到庙门停，
庙里佛爷看观音；
神仙还有相爱事，
何况我俩也是人。

双双走到庙门停，
庙门人人去求神；
个个都把神仙拜，
人家求雨我求晴（情）。

双双走到大海滨，
海滨农家耕作勤；
人勤不会穷太久，
人若不勤久久贫。

双双走到大海滨，
海滨女子最坚贞；
男子打鱼女织网，
织得日子流黄金。

一条大路长赖赖[1]，
双双牵手走过来；
郎把山歌当阳伞，
妹把山歌当花鞋。

双双唱歌唱真情，
唱得鲤鱼头戴金；
唱得百兽都来拜，
唱得百鸟都来听。

唱千唱万都是亲，
唱得万年不变心；

①赖赖为语气助词，无实义。

蛇牵妹手捡龙粼，
好像牛郎织女星。

五　心怀恶念占妹郎

自从小妹嫁蛇郎，
大姐朝朝睡懒床；
大姐天天瞪眉眼，
家中无子她为王。

山怕无树地怕光，
人怕年老草怕霜；
老汉多病工难做，
无粮难度四月荒。

陈仓无粮稗子贵，
年老无子女也香；
好得蛇郎勤问暖，
嘘寒周到过小康。

吃香喝辣姐细想，
都是沾了妹的光；
看来妹真福气大，
嫁了蛇郎变凤凰。

想起当初看轻妹，
心中羞愧脸无光；
有心走亲把妹访，
又怕亲妹说短长。

人说穷穷是我亲，
人讲富富是别人；
妹你富了姐也走，
莫给大路草长青。

这条大路没走过，
这条大路细如绳；
全靠小妹撒红米，
路头再远分得明。

路头远，
棉花纺线路头长；
走了三天石子路，
远远看见妹楼房。

四角翘翘飞檐高，
阁楼一座挂山腰；
屋脊雕龙扬喜气，
门贴金匾祥云飘。

南面一扇缕金窗，
一个佳人正梳妆；
佳人对着镜中笑，
两腮红云像火烧。

姐从窗口往里望，
佳人与她是同胞；
妹嫁好郎脸带笑，
姐含酸楚眼泪抛。

一悲妹夫不是蛇，
二悔自己运气差；
论嫁还是她先嫁，
自己怕嫁轮到她。

想来都是妹胆大，
妹敢嫁蛇妹不怕；
胆大敢和老虎睡，
胆大敢抓龙尾巴。

其实妹胆也不大，
妹怕青蛇为难爸；
青蛇救了爸的命，
图的就是姐和她。

姐怕嫁蛇不如鸡，
姐怕嫁蛇不如狸，
姐怕嫁蛇不如狗，
一生落魄苦凄凄。

妹有善念嫁给蛇，
他爸就是海龙王；
青蛇就是龙公子，
妹住龙宫好辉煌。

好辉煌，
思前想后姐心伤，
想后思前姐心痛，
好比吃了断肠汤。

蛇郎是龙能兴浪，
人才英俊又漂亮；
若是当初姐先嫁，
这个少年是姐郎。

天下男子难比郎，
地上甜菜难比糖；
若是当初姐先嫁，
辉煌还是姐辉煌。

碰到瞎子不讲光，
碰到癞子不讲疮；
姐到妹家不敢进，
恶语伤过青蛇郎。

蛇郎有意出大海，
蛇郎有意去漂洋；
留妻在家等姐到，
出门接姐到厅堂。

妹姐相见汪汪泪，
姐妹相见泪汪汪；
姐落眼泪恨妹好，
妹在同情姐无双。

妹嫁蛇郎像王妃，
银桌金碗金酒杯；
玉做筷子银做盏，
姐摸姐看叹命衰。

妹嫁蛇郎像凤凰，
铺铺盖盖像龙床；
床铺绫罗盖绸缎，
姐睡床上天难光。

妹嫁蛇郎九里香，
珍珠满屋宝满箱；
白玉做砖砌墙壁，
四壁生辉姐悲伤。

生吃芋头姐喉痒，
生茧抽丝姐手长；
想学狸猫换太子，
心怀恶念占妹郎。

山珍海味吃不香，
姐负亲妹好心肠；
绫罗绸缎说不暖，
口是心非带阴阳。

口是心非带阴阳，
毒虎恶狼要叼羊；
笑里藏刀要杀妹，
鸠占鹊巢嫁蛇郎。

一条毒计心里生，
大姐哄妹要回程；
老母旧坟犯风水，
重迁重葬赶回村。

临行哭得泪纷纷，
老父病得丢了魂；
只怕夜长成新鬼，
梦到九天也难寻。

见姐哭得泪纷纷，
小妹泪雨如倾盆；
父母养育恩情重，
岂可不报枉一生。

妹愿跟姐转回村，
妹愿跟姐转回门；
葬母看父行孝道，
女儿当报父母恩。

妹被姐哄妹不知，
不知毒姐带杀机；
妹误中了牢笼计，
想下悬崖无楼梯。

六 乌云低垂百花谢

回门妹像花蝴蝶，
哪知路上西风烈；
哪知大姐心肠狠，
十节肝肠毒九节。

路上圆月也皎洁，
为妹回门增喜悦；
父亲变成老来少，
心喜欲狂吹木叶。

心喜欲狂吹木叶，
老父出到门口接；
手心手背他都想，
哪知大女要作孽。

老父只知两姐妹，
有商有量会体贴；
妹备香烛姐剪纸，
重迁母坟葬新穴。

姐已有心要作孽，
把母葬到乱荒野；
离村离屯人烟远，
瞒天过海好杀“鳖”。

那天太阳像火热，
姐下毒手像蛇蝎；
哄妹树下把裾解，
清清凉凉歇一歇。

树边一道万丈崖，
崖下江涛浪千叠；
姐说崖下风光好，
惊涛卷起千堆雪。

妹见姐喜上前看，
不知背后有蛇蝎；
姐在后面推一掌，
两脚踏空往下跌。

往下跌，
青天白日遭死劫；
谁知妹还不该死，
不该去见阎王爷。

半崖长有一蔸梅，
梅佑小妹逃此劫；
撕心裂肺大声喊，
喊天喊地喊亲爷。

喊天不应又喊姐，
求地无声又喊爷；
哭姐为何害亲妹，
为何送妹遭鬼劫。

莫怪姐，
莫怪姐黑把你灭；
姐不灭你姐难过，
难得蛇郎做姑爷。

有理才能打得蛇，
有网才能捉得鳖；
姐占妹郎害死妹，
蛇郎哭得眼出血。

没有功夫哪打铁，
炉中偷火不怕热；
妹死只有天知道，
天知姐知机难泄。

水干石头总要现，
纸包火星总要燃；
姐你做尽亏心事，
姐昧良心成妖孽。

要说妖孽姐妖孽，
害死郎妻姐来接；
害死郎妻姐来替，
龙宫姐过鸳鸯夜。

为抢龙宫鸳鸯夜，
姐学狂风扫落叶；
只要争得龙王殿，
姐妹打紧生死结。

自苦红颜多薄命，
小妹难逃这一劫；
姐推大石往下滚，
九死一生恸荒野。

哀声号啕震荒野，
乌云低垂百花谢；
大山哭得心都碎，
江河哭断肠几节。

七　鱼目怎能换珍珠

兔死狐悲姐假哭，
哭哭啼啼回到屋；
老父吃惊细盘问，
你妹何故不同路。

崖边花红叶又绿，
妹为采花失了足；
失足落水千古恨，
已经葬身在鱼腹。

老父被惊脸麻木，
浑身无力倒在屋；
口吐鲜血手脚冷，
三魂归天命呜呼。

姐不悲来姐不哭，
请人埋了父尸骨；
姐已成了丧门女，
只留死气在老屋。

姐早无心守老屋，
一根火柴放火烧；
夜夜做梦住宫殿，
梦想成真走一遭。

出门太阳照山腰，
大姐想变小妹娇；
姐和小妹差得远，
手指日头恨天高。

大姐穿了妹的衣，
大姐戴上妹首饰；
大姐脸扑妹的粉，
大姐学画妹的眉。

画得八九不离十，
远远看去像郎妻；
远远看去像小妹，
树上麻雀变金鸡。

麻雀还会枝头叫，
麻雀还会树上啼；
姐变金鸡是纸剪，
从头到尾是假的。

假戏真唱姐要唱，
假戏真演姐也来；
只求好米共锅煮，
只求好花共盆栽。

话分两头唱蛇郎，
出海几天回到屋；
回到家中不见妹，
斑鸠上树叫咕咕（孤孤）。

斑鸠上树叫咕咕（孤孤），
郎问郎妻去何处，
郎问郎妻哪去了，
好比金杯丢了壶。

刚叹丢壶就见壶，
刚刚想妹妹进屋；
几天不见情未了，
好比青藤缠树木。

两人吃饭同进厨，
有鱼有肉有鸡粥；
往日是妹帮夹菜，
为何今天妹疏忽？

吃完妹郎去洗澡，
妹递手巾递衣服；
何故今天打忘（忘记）了，
何故今天装糊涂？

郎邀郎妹喝杯茶，
喝茶大姐又疏忽；
毛尖煮茶不会煮，
山楂泡茶她嫌粗。

大姐手粗脚也粗，
手拿梭子难织布；
千丝万线从哪起，
两眼发呆手麻木。

蛇郎越想越唐突，
蛇郎越望越生疏；
好比祖宗换神位，
好比庙堂换香炉。

早晨吃饭打烂碗，
晚上喝茶打烂杯；
六神无主心忙乱，
三魂七魄未曾回。

错提竹篮去打水，
错拿水勺当棒槌；
鲤鱼吃对茶麸水，
昏头昏脑心乱飞。

蛇郎越想越唐突，
蛇郎越想越生疏；
话到嘴边开口问，
好比烈酒倒出壶。

问妹为何换妆梳？
问妹哪样脸恁乌？
哪样笑里总带苦？
为何两手这样粗？

回家打扮头另梳，
回家烧火脸变乌；
回家父病心中苦，
回家劳作手变粗。

回答越来越生疏，
好比下田挖慈姑；
慈姑圆圆当作藕，
丝牵线断话不熟。

什么生来梁上住？
什么生来草中伏？
什么生来成双对？
什么生来是妹夫？

燕子生来梁上住，
鹧鸪生来草中伏；
鸳鸯生来成双对，
蛇郎生来是妹夫。

什么生来身软熟？
什么生来全身骨？
什么麻麻心里甜？
哪个巧巧蛇媳妇？

丝线条条心软熟，
花针细细全是骨；
荔枝麻麻心里甜，
小妹巧巧蛇媳妇。

哪个打得开山斧？
哪个敲得天上鼓？
哪个夸蛇人品好？
哪个骂蛇像蠢猪？

愚公打得开山斧，
雷公敲得天上鼓；
小妹夸蛇人品好，
大姐骂蛇像蠢猪。

哪个弯弯天上住？
哪个弯弯地下铺？
哪个弯弯心头肉？
哪个弯弯爱吃醋？

月亮弯弯天上住，
小河弯弯地下铺；
螺蛳弯弯心头肉，
姐姐弯弯爱吃醋。

哪个乖乖会爬树？
哪个乖乖穿花裤？
哪个乖乖龙床睡？
哪个亲亲来共铺？

猴子乖乖会上树，
野鸡乖乖穿花裤；
蛇郎乖乖龙床睡，
姐姐亲亲来共铺。

沙煲穿底鸡脚出，
姐姐越唱越糊涂；
饺子下锅露了馅，
辛苦枉费姐工夫。

八　留给后人说是非

山歌唱去又唱回，
喝酒一杯连一杯；
蛇郎想知妹生死，
是否还有虎狼追。

后面若有虎狼追，
不知是死还是生；
死又死在哪条水，
生又生在哪蔸梅？

妹先落在那蔸梅，
祸不单行险几回；
枝折树断妹落水，
随浪漂流被水推。

遭了几多恶浪打，
遭了几多冷风吹；
全靠渔翁来相救，
三魂七魄又回归。

大难不死喊魂落，
万般都是姐太恶；
妹是鲤鱼潭底躲，
浮头姐用鱼叉戳。

妹是鲤鱼潭底躲，
姐又倒下闹鱼药；
上下布好拦江网，
就是不死皮也脱。

姐呀姐，
丈夫哪靠害命夺。
若是害命抢得走，
月亮早挨人家夺。

路边花好姐莫勾，
塘里莲香姐莫偷；
夺得妹夫不长久，
横盖被窝难到头。

姐夺蛇郎妹不肯，
姐抢蛇郎妹不依；
妹想蛇郎夜流泪，
泪滴床底变成溪。

山顶高高有块田，
铜盆舀水种三年；
妹愿丢田给姐种，
不愿让夫给姐连。

越想蛇郎妹越急，
想郎急像火烧眉；
热锅上面小蚂蚁，
心想钻地又无泥。

想到蛇郎妹心急，
想郎急似火烧眉；
妹今牵牛过大海，
情深半步也难移。

生不离来死不离，
死后和他共堆泥；
三月清明同插柳，
七月十四共烧衣。

想到蛇郎有力气，
哪怕山高水又急；
山高妹变画眉鸟，
死活不断连理枝。

死活不断连理枝，
死活要与郎团聚；
妹为团圆走夜路，
回到家门公鸡啼。

天还未亮五更时，
拍门好像鸟摇枝；
郎也听见门外响，
以为枝上夜莺啼。

妹在门外高声喊，
拍门是你亲娇娥；
亲亲娇娥回来了，
娇娥正在门墩坐。

听见知音眼泪落，
丢失燕子转回窝；
丢失斑鸠又回岭，
蛇郎开门接娇娥。

丢失斑鸠又回岭，
丢失燕子转回窝；
大姐美梦这才醒，
浑身上下打哆嗦。

浑身上下打哆嗦，
浑身上下汗淋淋；
恶事做尽无好报，
跳海自绝留臭名。

一场雨来一场风，
几多枯叶落塘中；
几多磨难都经过，
灯笼还是红彤彤。

蛇郎和妹再不忧，
手搓麻绳另起头；
双双好像比翼鸟，
哪蔸树高飞哪蔸。

九　但愿唱醒世间人

蛇郎总算唱完了，
有喜有悲有苦情；
世间善恶都有报，
但愿唱醒世间人。

为人在世行善心，
莫做恶事伤害人；
害人到头终害己，
世世代代传恶名。

原载《广西文艺》1979 年 10 月号，本书略有删改